FIA

IRLANDESI

Le più belle fiabe della tradizione celtica

Agata Larsson

SOMMARIO

"*Natale sta arrivando,
le oche sono all'ingrasso,
per favore, mettete un penny
nel cappello del vecchio!
Se non avete un penny
andrà bene anche mezzo penny;
se non avete mezzo penny,
allora che Dio vi benedica!*"

MACHARG E GLI ELFI D'ACQUA

Le carcasse sventrate degli antichi vascelli affondati nelle acque della Solway – così raccontano molte storie e leggende – sono la dimora degli elfi d'acqua e delle fate di mare, maligni esseri soprannaturali che si divertono a rapire giovani fanciulle e bravi ragazzi. Un tempo cadde nelle loro mire la bella moglie di Laird Macharg: notte e giorno, al riparo nelle loro dimore sottomarine infestate dagli spiriti, folletti e fate tramavano per separare la donna dal marito. Alexander Macharg era un signore decisamente benestante. Possedeva tre acri di brughiera e due grandi orti, sette vacche, una coppia di cavalli e sei agnelli. La sua vera fortuna era stata però sposare una donna così bella. La moglie era stata infatti una delle donne più ambite delle sette parrocchie. Pare addirittura che un signore di Nithsdale e due fattori di Annandale, per la disperazione di averla persa, si fossero dati al bere consumando tutti i loro averi fino all'ultimo scellino. Dopo le nozze con Alexander, se i numerosi spasimanti dovettero definitivamente rassegnarsi, non fu così per un'altra classe di ammiratori della bella fanciulla: gli elfi d'acqua appunto, che continuavano a desiderarla ardentemente. Un giorno Laird Macharg partì per una battuta di pesca con la fiocina e la rete e guidò la barca al largo, spingendosi fin nel punto in cui si trovavano le carcasse delle navi. Colà gettò la rete, aspettando che si alzasse la marea. La notte era così calma e senza vento che si poteva udire perfino il suono delle onde che giocavano con le conchiglie e i sassi sulla spiaggia, a molte miglia di distanza. All'improvviso, dalla chiglia dei due relitti scaturì una strana luminosità, accompagnata dagli echi dei sordi colpi di una di quelle accette che si usano per squadrare il legname. Chi potevano mai essere quei misteriosi carpentieri? Lo stupore di Macharg aumentò ancora nell'udire una vocetta stridula che diceva: "Ehi, fratello! Cosa stai facendo?" "Sto fabbricando una moglie per Sandie Macharg!" squittì da un'altra carcassa il compagno, con una voce ancora più acuta. Una tremula risata echeggiò da nave a nave e da sponda a sponda, rivelando il godimento che gli spiriti malvagi si aspettavano di trarre dal loro lavoro. Macharg era un uomo devoto e timorato di Dio. La sua forza, unita alla saggezza e al coraggio, gli avrebbero permesso senz'altro di affrontare con una certa tranquillità una dozzina di elfi terrestri. Ma, bisogna sapere, gli elfi d'acqua sono più astuti; inoltre, poiché le loro dimore si trovano nelle profondità degli abissi, è quasi impossibile che uno riesca a cavarsela se viene trascinato sott'acqua. Macharg tornò immediatamente a casa e, per prima cosa, riunì la famiglia attorno al focolare. Poi prese dallo scaffale la vecchia Bibbia che era appartenuta a suo padre e iniziò a pregare per allontanare le calamità che lo minacciavano. Prese ogni sorta di precauzione per preservarsi dal potere degli esseri maligni: gettò sale nel fuoco, sprangò la porta di casa e chiuse ermeticamente tutti i pertugi nei muri. La moglie era stupita, tuttavia guardò in silenzio il marito mentre compiva quelle operazioni. Ciò dimostra quanto fosse saggia: non c'era bisogno di far domande, gli occhi dell'uomo dicevano tutto. Quella notte un cavallo giunse al galoppo fino all'uscio della loro casa. Il cavaliere che lo montava scese dalla sella con un balzo e bussò energicamente alla porta. "Il pentolone della comare è sul fuoco" esordì la voce misteriosa percuotendo i battenti. "Questa notte sta per nascere un piccolo briccone in casa di Laird Laurie. Presto, monta a cavallo, brava donna!" "Oh, cielo, chi l'avrebbe mai detto!" esclamò la moglie di Sandie Macharg. "Laird Laurie è rimasto per diciassette anni senza eredi. Sandie, caro marito, portami il mantello e il cappuccio." "Se anche tutti i signori del Galloway dovessero rimanere senza eredi", disse Macharg mettendo un braccio attorno al collo della moglie, "giuro che stanotte non oltrepasserai la soglia di quella porta. Non cercare di saperne la ragione, donna, e tu, o Signore, accendi su di noi la luce benedetta della luna." La donna si ritrasse docilmente e disse: "Marito mio, mandiamo un messaggio per non apparire scortesi. Potremmo dire che mi sono ammalata all'improvviso. Mi piange il cuore nel dover mandare via un povero messaggero con una bugia sulle labbra e neanche un bicchiere di brandy che lo scaldi." Macharg fu irremovibile. "Non occorre porgere alcuna parola di scusa a un tale messaggero né a coloro che lo hanno mandato" , disse. "Lascia che se ne vada." Adirato per il trattamento ricevuto, il cavaliere rimontò a cavallo e lo spronò nell'oscurità della notte, insultando pesantemente gli abitanti della casa. "Sei proprio un uomo strano e testardo, mio caro Sandie" disse allora la moglie. "Il tuo sguardo e i tuoi gesti non mi lasciano repliche. Ma io non sono una ragazzina scervellata, sono tua moglie, la tua fedele e devota moglie, e ho diritto a una spiegazione." "Torniamo a pregare" tagliò corto Sandie Macharg. E aggiunse: "È scritto: 'Donne, ubbidite al vostro marito'." Poi si inginocchiò e riprese le devozioni, e con lui tutti gli abitanti della casa, compresa la moglie. Le luci vennero spente di nuovo. "Questo è davvero il colmo" pensò la moglie. "Comunque, per ora, sarò ubbidiente." Le preghiere dell'uomo interruppero i suoi

5

pensieri. Sandie Macharg pregò con tutto il suo cuore di essere preservato dagli inganni dei demoni e dalle insidie di Satana, da streghe, fantasmi, elfi, folletti, fate, fuochi fatui ed elfi d'acqua; e ancora, dal vascello fantasma della Solway, dagli spiriti visibili e invisibili, dalle navi stregate e dagli spettri che vi dimorano, da tutti gli spiriti del mare che tessono le loro malefiche trame ai danni degli uomini timorati di Dio e si innamorano delle loro mogli. "Così sia, e che la Tua presenza ci conforti!" chiosò la moglie, al culmine dello sgomento. "Che la mano del Signore possa guidare le azioni del mio buon marito. Mai ho udito in vita mia una simile preghiera da labbra umane." La donna non aveva ancora finito di parlare che notò un bagliore provenire da fuori. "Oh mio Dio! Che cos'è quella luce" esclamò. "Sandie alzati, marito caro. Il granaio e le stalle stanno bruciando, le bestie moriranno soffocate dal fumo!" In effetti il cortile di fronte alla casa era illuminato da una gran luce, diversa da quella che si sprigiona da un fuoco, che si alzava verso il cielo. Benché il terrore della moglie fosse ampiamente

6

giustificato, Sandie non fece cenno di alzarsi ma rimase immobile, così come aveva fatto poco prima nell'apprendere la notizia della nascita immaginaria di un erede di Laird Laurie. Ancora una volta, afferrò la moglie per un braccio e le impedì di uscire, minacciando con la mano sollevata – era una mano grande e forte – chiunque avesse avuto l'ardire anche solo di avvicinarsi alla porta. Là fuori era un vero inferno. I cavalli nitrivano e scalciavano selvaggiamente, mentre le vacche muggivano a più non posso. Lo scompiglio era tale che, nel vedere quella scena, chiunque avrebbe sicuramente pensato che l'intera fattoria stesse per essere divorata dal fuoco, con le vacche e i cavalli che lottavano per non essere inghiottiti dalle fiamme. Quando fu chiaro che gli innumerevoli stratagemmi messi in atto dagli spiriti malvagi non avrebbero sortito alcun effetto e che nulla avrebbe potuto indurre il fattore e sua moglie ad aprire la porta di casa, il luogo fu pervaso da una calma minacciosa, a cui seguì una lunga e stridula risata. Il mattino dopo Laird Macharg andò finalmente ad aprire la porta di casa. Appoggiato al

7

muro, vi trovò un pezzo di legno di quercia, di quelli che si usano per costruire le imbarcazioni, annerito dal fumo e rozzamente scolpito in foggia di essere umano. Alcuni saggi, consultati per un parere, dissero che secondo il disegno degli elfi il tronco avrebbe dovuto essere ricoperto in modo da sembrare di carne e ossa, e poi consegnato a Macharg. Il fattore, se avesse lasciato entrare in casa i visitatori notturni, lo avrebbe così scambiato per la moglie. Macharg decise di dare alle fiamme la donna di legno in un rogo all'aperto. Dopo aver acceso un gran fuoco, con un forcone vi gettò la scultura degli elfi, che d'un tratto prese a contorcersi sibilando e sollevando grandi vampate. Le fibre del tronco continuarono a crepitare e scoppiettare producendo rumori sinistri, finché tutto fu ridotto in cenere. Quando il rogo fu completamente spento, fra i suoi resti fu trovata una coppa di metallo prezioso. Un oggetto creato dagli elfi ma purificato e reso innocuo grazie alle virtù del fuoco. E da quella coppa i figli e le figlie di Sandie Macharg, e i loro figli e nipoti, bevono ancora oggi

LO SGABELLO MAGICO

C'era una volta una bella ragazza chiamata Nighneag. Fin da quando aveva sedici anni i ragazzi delle città vicine avevano mostrato uno speciale interesse per quella fanciulla così minuta, così leggera e amabile e dalle labbra rosse come i frutti del sorbo selvatico. I suoi occhi grandi scintillavano di un azzurro profondo, mentre i capelli scuri le ricadevano a boccoli sul collo slanciato. Le figlie dei vicini la guardavano passare con l'invidia negli occhi. Nighneag sapeva di essere bella: non era solo il mondo intero a confermarglielo – Alasdair, Murdo e le dozzine di altri ragazzi che aveva incontrato – ma anche il piccolo specchio vicino alla finestra della sua stanza, che restituiva ai suoi stessi occhi la sua immagine. Con il passare del tempo, però, Nighneag divenne sempre più vanitosa e insoddisfatta. "Una damigella così bella e delicata" si diceva, "non dovrebbe trascorrere la vita ai margini di una desolata brughiera, passando il tempo ad accudire una mandria di stupide vacche, a spazzare la piccola fattoria e a faticare insieme al padre nei campi." Un giorno in cui si sentiva particolarmente infelice, mentre si recava a riprendere la mandria al pascolo, prese a lamentarsi a voce alta con le povere bestie. Le vacche erano abituate alla lingua tagliente di Nighneag e alle sue interminabili lamentele ma, fino a quel giorno, non le avevano prestato alcuna attenzione, cosa che esasperava ulteriormente la ragazza. Nighneag le rimproverò in tono astioso per la fatica che doveva sopportare a causa loro. Se non avesse dovuto accudirle avrebbe ben potuto spendere il suo tempo a pettinarsi davanti allo specchio, oppure a tagliare e cucire dei vestiti nuovi. In poche parole, a coltivare la sua avvenenza. Quella volta, mentre stava già per andarsene, la ragazza udì una vocina provenire dal bosco di erica: "Aspetta un momento, Nighneag! Non te ne andare!" La bella si guardò attorno

11

sbigottita e vide una donnina correre verso di lei tenendo fra le mani uno di quegli sgabelli a tre zampe che si usano per mungere le vacche. "Ohi, ohi, aspetta, non andare così veloce!" gridò ansimando la donnina. "Ho udito i tuoi lamenti e ho pensato che, beh, se mungere le vacche ti reca disturbo, ho qui questo piccolo sgabello che forse ti potrà servire." La donna lo sollevò con le braccia perché Nighneag potesse vederlo. La ragazza non nascose la sua delusione: non era certo uno sgabello ciò che avrebbe desiderato, sospirò, ma qualcuno che mungesse al suo posto! "Oh, aspetta un attimo" la chiamò la donnina, che aveva letto nei suoi pensieri. "Questo non è affatto uno sgabello qualunque. Siediti a fianco di quella vacca dal pelo rossiccio e guarda la differenza." Nighneag prese lo sgabello e lo pose a fianco della vacca. Poi, con aria svogliata, cominciò a mungerla. E quale non fu la sua sorpresa quando scoprì che il secchio si era riempito subito di latte senza dover fare alcuna fatica. Allora prese lo sgabello e lo sistemò di fianco alla vacca bianca, e infine munse quella nera. In tutto non ci vollero più di due

12

minuti: incredibile! Anche le vacche parevano ben contente e ripresero a pascolare. "Ti chiedo una piccola promessa in cambio del mio sgabello" squillò la donnina con un ampio sorriso. Nighneag si limitò ad annuire, anche se in cuor suo sarebbe stata disposta a regalarle perfino le scarpe che portava ai piedi pur di avere quel magico sgabello. "Promettimi che da oggi in poi sarai gentile con le tue bestie" proseguì la donna. "Rimproverale pure ma non colpirle mai né con la mano né con il bastone; attenta, perché se lo farai lo sgabello a tre zampe non te la farà passare liscia." Nighneag assentì con un piccolo inchino; in fondo non sembrava una promessa difficile da mantenere. Ringraziò la donna e se ne andò, tenendo ben stretto lo straordinario sgabello. E finalmente la ragazza non ebbe più a lamentarsi della fatica di mungere le vacche; anzi, l'incombenza cominciò a sembrarle quasi piacevole. Naturalmente però nel corso della giornata la attendevano parecchi altri compiti fastidiosi: pulire i pavimenti, lavare le pentole, tagliare le rape e distribuire le granaglie al pollame. Nuovamente si ritrovò a desiderare che qualcun altro prendesse il suo posto e ricominciò a lamentarsi dalla mattina alla sera. Finché un giorno, mentre stava tornando dal pascolo si dimenticò della promessa. Beth, la vecchia vacca dal pelo rossiccio, non ne voleva sapere di affrettare il passo; Nighneag staccò un ramo da una siepe e cominciò a frustarla energicamente sui fianchi. Giunsero alla stalla e la ragazza si sedette sullo sgabello magico per iniziare a mungere ma, improvvisamente, le tre gambe si misero a saltellare allegramente. Il secchio del latte si rovesciò e, come se stesse cavalcando un riottoso somaro, Nighneag si trovò sballottata su e giù in sella allo sgabello che, nel frattempo, era schizzato fuori dalla stalla. Atterrita dallo spavento, la giovane provò invano a divincolarsi e a saltare a terra. Niente. Lo sgabello la teneva saldamente attaccata a sé. Con la povera Nighneag sempre in sella, lo sgabello saltò qua e là per tutto il podere nei pressi della fattoria, gettandosi in mezzo alle siepi e ai rovi, tuffandosi nei cespugli di ortiche, nei torrenti e nei fossati. Giunto al confine della brughiera, spiccò un gran balzo in aria e sparì, scaraventando Nighneag in mezzo all'edera. La giovane si ritrovò ricoperta di spine da capo a piedi, la candida pelle piena di graffi e vesciche, i capelli tutti scompigliati e pieni di nodi. Le vesti erano lacere, e aveva perfino perduto le scarpe. Nell'udire tutto quel trambusto, Murdo il pastore, Tom il tessitore e Alasdair, che viveva nella fattoria vicina, accorsero per vedere cosa stava succedendo. In quel momento la ragazza, barcollando, si stava rimettendo in piedi. I tre uomini rimasero dapprima a bocca aperta, poi la bocca si spalancò in un sorriso e infine in una fragorosa risata. Risero, risero e risero fino a sentirsi male. Con il volto rigato dalle lacrime, Nighneag corse immediatamente all'abbeveratoio per lavarsi le ferite e lenire il dolore con l'acqua gelata. L'immagine di sé che le restituì lo specchio d'acqua la fece dapprima sorridere, poi ridere sonoramente. Ma la cosa più strana fu che, più rideva, più le sembrava di sentirsi meglio. I graffi e le ferite smisero di dolere, i nodi nei capelli si sciolsero docilmente fra i denti del pettine e la ragazza provò una sensazione di benessere: in vita sua non era mai stata così

15

felice. Da quel giorno il sorriso non se ne andò più dalle sue labbra. Nonostante la perdita dello sgabello magico Nighneag si sentiva spensierata e, durante le lunghe giornate di lavoro, cantava senza sosta. La sua bellezza continuò a non avere eguali, tanto che un giorno il figlio più giovane del signore di quelle terre chiese la sua mano. E, spero che siate d'accordo, questa è la giusta conclusione di una storia tanto strana e singolare.

LA SIGNORA DI BALCONIE

Il ruscello chiamato Allt Graat, emissario del Loch Glass, scorre attorno ai pendii settentrionali del Ben Wyvis; una serie ininterrotta di cascate costella il suo percorso verso il mare. Il letto del torrente è scavato in una fenditura della roccia erosa dal ghiacciaio; al termine del percorso le acque confluiscono in una gola larga circa sei metri e profonda più di trenta. Il cupo anfratto è in gran parte nascosto da una intricata vegetazione; sul fondo della voragine le acque, invisibili dalla cima della sponda tanto frastagliata, precipitano tra le rocce con fragore. Gli abitanti del luogo chiamano questo tratto del torrente "Roccia Nera di Novar". Le scoscese pareti del dirupo sono rivestite da un verde, viscido strato di muschio, che proprio qui, dove la luce del sole non riesce a penetrare, ha trovato il suo ambiente ideale. Saldamente ancorati alle rocce del precipizio, gli alberi protendono i loro rami verso il vuoto, creando una fitta cupola vegetale che rende il luogo ancor più fosco. Nel profondo della gola, dove la vista non riesce a penetrare, l'acqua precipita con un'incredibile varietà di suoni. Un boato assordante si eleva dalla forra e il frastuono dell'acqua si fonde in toni diversi e mutevoli: il suono squillante delle campane, il ruggito di enormi mantici e il brusio storpiato di mille voci misteriose. Gli abitanti dei dintorni raccontano di come si possano udire i suoni più disparati: dal minaccioso ruggito di un animale feroce sino al desolato sospiro che parrebbe emesso da un amante dal P cuore straziato. Le sponde del baratro sono quanto mai pericolose; nessuna protezione, naturale né artificiale, le circonda. Ecco perché molti animali hanno trovato un'orrenda fine, rotolando giù lungo il dirupo. Un tempo un ponte di legno univa i due bordi dell'anfratto, e si racconta che un marinaio caduto dal ponte sia riuscito a salvarsi restando aggrappato al ramo di un albero, finché, per mezzo di una fune lanciata dall'alto, venne trascinato al sicuro. Un'oscura caverna, raggiungibile solo dall'alto, è scavata alla base della Roccia Nera. L'antro si trova ai piedi della lunga cascata e la sua bocca si apre sotto il fragoroso sipario delle acque schiumanti. In passato la cavità era stata usata dai distillatori clandestini di whisky, che riuscivano a mascherare i vapori della distillazione con la nuvola che di continuo si solleva dal fondo delle cascate.

Per entrare nel vivo della storia bisogna tornare indietro di molti anni. Un giovane nobile inglese che trascorreva una vacanza nel Ross-shire decise di partecipare a una serata di danze che si sarebbe svolta ad Alness. Non conoscendo nessuno, il giovane rimase a lungo da solo a osservare dame e cavalieri impegnati nelle danze tipiche delle Highlands scozzesi. Improvvisamente il suo sguardo fu attratto da una giovane dama che sembrava uscita da una fiaba. E subito rimase incantato dalle sue splendide sembianze, dai riflessi notturni dei lunghi capelli neri e dalla dolcezza degli occhi, lucenti come un lago sotto la luna. La dama accettò l'invito a danzare e la coppia prese a volare sul pavimento della sala, sospinta dalle note melodiose di un valzer. La bellezza della giovane, la sua agilità nel ballo – volteggiava leggera come una piuma, come se neanche toccasse terra – e il fascino di una musica appassionata lasciarono il giovane teneramente sconvolto. Al termine delle danze i due ragazzi si avviarono all'uscita mano nella mano, ma la loro passeggiata durò assai poco: ben presto comparve un servitore che doveva accompagnare a casa la dama. "Prima che ve ne andiate ditemi almeno il vostro nome" chiese il giovane alla fanciulla. Ma la dama rispose, scuotendo tristemente il capo: " Mi dispiace, non posso!" La carrozza che portava la fanciulla scomparve nel buio della notte e il giovane, curioso e innamorato, non poté che rivolgersi agli altri ballerini per sapere se conoscessero la bellissima dama dallo sguardo triste. "È la Signora di Balconie" gli risposero. Il giovane, insistendo per avere più informazioni, venne a conoscenza di un singolare mistero che aleggiava attorno alla fanciulla. Ella aveva l'abitudine di recarsi – di notte e sola – lungo le sponde dell'Allt Graat, presso la Roccia

Nera di Novar, come attratta dall'inquietante scenario che circondava il profondo dirupo. Il giovane non volle ascoltare gli avvertimenti di chi lo sconsigliava di addentrarsi in luoghi tanto pericolosi, e la sera successiva si avviò verso i bordi scoscesi dell'Allt Graat. Raggiunse la Roccia Nera che era ormai il crepuscolo; i muraglioni che racchiudevano l'orrido cadevano a precipizio, e avrebbero riempito di terrore anche i più temerari. Ma il coraggio e la speranza del giovane inglese furono premiati: sopra il tonante rimbombo delle acque scroscianti incontrò la dama misteriosa, che subito racchiuse in un tenero abbraccio. Intorno a loro ululava il vento della notte mentre, in fondo all'abisso, la cateratta si disperdeva rotolando furiosa tra i massi. Indifferente di fronte a quel pauroso scenario, la Signora di Balconie iniziò a raccontare al gentiluomo inglese le sue tristi vicende. Qualche anno prima, ancora molto giovane, era stata colpita da una grave malattia che aveva fatto svanire la sua bellezza. Tanto teneva alle sue splendide sembianze che accettò di stringere un patto con il Diavolo: se per i

21

cinque anni seguenti l'avesse resa la più bella tra tutte le donne, al termine di quel periodo si sarebbe concessa al Maligno, anima e corpo. Appena lo scellerato accordo fu sancito, però, se ne pentì amaramente. Per cinque anni la giovane dama era stata la più attraente e la più desiderata fra tutte le donne. Ma ora il periodo stava per scadere e le toccava rispettare il patto: proprio in quel terrificante luogo il Diavolo sarebbe venuto a riscuotere ciò che gli spettava. E mentre la giovane terminava il suo racconto, una figura imponente si stagliò, improvvisa, tra la caligine dell'abisso. Era il Diavolo, che, con voce imperiosa ingiunse alla ragazza di seguirlo. L'angosciato giovane sentì la dama sciogliersi dal suo abbraccio e allontanarsi verso il bordo del precipizio. Già scompariva ai suoi occhi quando la vide prendere un mazzo di chiavi e lanciarle verso di lui. Purtroppo, non riuscirono a raggiungere il punto in cui si trovava ma ricaddero tra le pareti del nero dirupo. Rese incandescenti dal contatto con il Maligno, le chiavi di Balconie colpirono una sporgenza tra le rocce e lasciarono inciso sul masso un segno, ancora oggi visibile. Il gentiluomo inglese, con il cuore colmo di strazio, corse fin sull'orlo del burrone nel tentativo di salvare la giovane di cui si era perdutamente innamorato; ma il suo gesto disperato si concluse con un tragico volo sulle frastagliate pendici della Roccia Nera.

Molto tempo dopo questi avvenimenti, un pescatore di quelle parti si trovò a passare ai piedi della Roccia Nera e, volendo alleggerire il suo cestello, prese alcune delle trote che aveva pescato per nasconderle in una pozza accanto al torrente. Al suo ritorno constatò, con stupore, che le trote erano scomparse; una traccia di scaglie argentee sulla riva era l'unico indizio rimasto. Poteva ben trattarsi di una lontra, pensò, così decise di seguire i segni lasciati sul terreno, che scendevano lungo le ripide e scivolose rocce fino ad arrivare all'ingresso di una buia caverna, ai cui lati montavano la guardia due grossi cani mastini.
Mantenendosi a prudente distanza, il pescatore si sforzò di guardare all'interno della grotta, dove riuscì a scorgere una bellissima, giovane donna, abbigliata con indumenti di foggia antica, intenta a preparare il pane. Gli tornarono

così alla memoria le leggende che aveva sentito narrare da ragazzo, e si convinse di trovarsi di fronte alla splendida Signora di Balconie, misteriosamente scomparsa da almeno cent'anni. Riavutosi dallo stupore, il pescatore si avvicinò il più possibile alla caverna e attirò l'attenzione della giovane, chiedendole di fuggire con lui. A quella richiesta, presa da un evidente sgomento e lanciando dietro di sé occhiate terrorizzate, la Signora di Balconie fece ripetuti ed energici cenni col capo al pescatore, perché questi si allontanasse. Infine, per rendere ancora più chiara la sua volontà, afferrò due pani di lievito e li gettò ai cani per rabbonirli e consentire al pescatore di lasciare incolume la soglia della grotta. Rassegnato, l'uomo smise di insistere e abbandonò la Signora al suo tetro destino, avviandosi all'arrampicata che l'avrebbe condotto sulla sommità del burrone. E in seguito non fu mai più capace di ritrovare il nero antro alla base della voragine. La scomparsa della Signora di Balconie, secondo la tradizione di quei luoghi, è da attribuirsi al Principe delle Tenebre in persona, che da allora la tiene prigioniera. Nelle giornate di vento, quando la foschia si attenua e la nebbia si concentra fra i rami degli alberi che coprono la volta del baratro, i paesani immaginano che la poveretta sia intenta a preparare il pane. Nelle notti in cui splende la luna, quando il tumultuoso torrente precipita con fragore tra le rocce, si racconta che, come una visione, la sua malinconica ombra si affacci presso la Roccia Nera nella vana ricerca del suo giovane innamorato inglese.

I QUATTRO CIGNI BIANCHI

ei giorni antichi viveva nell'isola verde di Erin una razza
di coraggiosi uomini e affascinanti donne: il popolo dei
Dedannans. Questo nobile popolo abitò a Nord , sud, est e
a ovest, rendendo i propri omaggi a molti differenti
signori. Ma una mattina blu dopo una grande battaglia i
Dedannans si riunirono per scegliere un re. "Facciamo" sì
dissero "che un solo re ci governi!" Così si fecero avanti
cinque principi in grado di impugnare uno scettro e di
indossare una corona, anche se i più nobili sembravano
Bove Derg e Lir. Così i cinque capi si fecero avanti
affinché i Dedannan potessero liberamente scegliere a chi
rendere omaggio come re. Ma non per molto
camminarono, poiché presto si levò un gran grido: "Bove
Derg è il Re. Bove Derg è il re". E tutti festeggiarono,
salvo Lir. Lir infatti si adirò molto, lasciò la pianura dove
i Dedannan vivevano, senza salutare nessuno e senza
offrire la propria riverenza a Bove Derg poiché la gelosia

aveva riempito il suo cuore. Allora anche i Dedannans si adirarono, e un centinaio di spade vennero sfoderate e balenarono nella luce del sole della pianura. "Andiamo a uccidere Lir, poiché non riverisce il nostro Re e non rispetta la scelta del popolo". Ma saggio e generoso era Bove Derg, così ordinò ai guerrieri di non fargli alcun male. Per lunghi anni Lir visse nel malcontento, non giurando obbedienza a nessuno. Un giorno, un grande dolore cadde su di lui. Sua moglie, che tanto amava morì dopo solo tre giorni di malattia. Ad alta voce pianse la sua morte, e appesantito dal dolore fu il suo cuore. Quando la voce del dolore di Lir raggiunse Bove Derg , egli era circondato dai suoi comandanti più potenti. "Andate" disse, "andate con cinquanta carri da lui. Raccontate a Lir che io sono suo amico da sempre, e ditegli che venga da me. Delle mie tre figlie potrà sceglierne una come moglie, se si inginocchierà alla volontà del popolo , che mi ha scelto come loro re". Quando queste parole vennero riferite a Lir, il suo cuore si rallegrò. Rapidamente chiamò a sé il suo seguito e partirono sui cinquanta carri. Né mai rallentarono fino a raggiungere il palazzo di Bove Derg sul Grande Lago. E verso la fine del giorno , quando i raggi del sole cadevano obliqui sulle acque d'argento , Lir riverì Bove Derg . e Bove Derg baciò Lir giurando di essere suo amico per sempre. E quando gli eserciti dei Dedannan seppero che la pace regnava tra questi potenti comandanti, allora tutti gli uomini e le donne e i bambini gioirono , e in nessun luogo potevano trovarsi cuori più felici che nell'Isola Verde di Erin . Il tempo passava , e Lir abitava ancora con Bove Derg nel suo palazzo sul Grande Lago. Una mattina il re disse: "Molto bene, ormai conosci le mie tre figlie adottive, né io ho dimenticato la mia promessa. Scegli pure la tua preferita." Allora Lir rispose: "Tutte sono davvero molto belle, la scelta è assai difficile, ma donatemi la maggiore, se lei è ben disposta nei miei confronti". Ed Eve , la maggiore delle fanciulle , fu contenta , e quello stesso giorno si sposò con Lir, e dopo due settimane lasciò il palazzo sul Grande Lago e cavalcò con il marito verso la sua nuova casa. Nella fortuna viveva la famiglia di Lir e allegramente passarono i mesi. Poi nacquero a Lir due gemelli: la ragazza venne chiamata Finola , e suo fratello Aed. Ancora un altro anno passò e di nuovo nacquero due gemelli , ma prima che i bambini potessero conoscere la loro madre , ella morì . Così duramente Lir fu afflitto dal dolore che rischiò di morire per la disperazione se non fosse stato per il grande amore che nutriva verso i suoi figli. Quando la notizia della morte di Eva raggiunse il palazzo di Bove Derg sul Grande Lago tutti piansero ad alta voce per Eve, per Lir e i suoi quattro bambini. E Bove Derg disse ai suoi potenti comandanti: "grande è il nostro dolore, ma in questo momento buio Lir deve essere sostenuto dalla nostra amicizia . Cavalcate, ditegli che Eva , la mia seconda figlia adottiva, diventerà sua moglie e crescerà i suoi bambini." Così i messaggeri cavalcarono per portare queste notizie a Lir, e Lir tornò al palazzo di Bove Derg sul Lago Grande , e si sposò con la bella Eva e la portò con sé dalla sua piccola figlia, Finola , e dai suoi tre fratelli , Aed e Fiacra e Conn. Erano quattro bambini belli e gentili, e con tenerezza Eva si prese cura di loro, così

29

divennero la gioia del padre e l'orgoglio dei Dedannans .

Per quanto riguarda Lir , tanto grande era l'amore che
portava loro, che alzandosi di buon mattino scostava da
una parte la pelle di daino che separava la sua stanza da
letto con la loro, e accarezzava e giocava con i bambini
fino a mattina tardi. Bove Derg li amava pressoché come
Lir. Molte volte li venne a trovare e spesso furono ospitati
nel suo palazzo sul grande lago. E in tutta l'Isola Verde ,
dove abitavano i Dedannan , crebbe la fama della bellezza
dei figli di Lir . Il tempo passò, e Finola divenne una
bambina di dodici estati . Allora una malvagia vagia sia
posò le proprie radici nel cuore di Eva , e crebbe tanto da
strangolare l'amore che nutriva per i figli di sua sorella.
Amaramente disse: "Lir non ha cura di me ; a Finola e ai
suoi fratelli ha donato tutto il suo amore ." E per
settimane e mesi Eva rimase a letto a pianificare come
poter fare del male ai figli di Lir . Un mattino di mezza
estate , ella diede ordine di preparare la sua carrozza per
portare i quattro bambini al palazzo di Bove Derg.
Quando Finola udì il suo intento il suo bel viso impallidì ,

in un sogno le venne infatti fatti lato che Eva , la sua matrigna , nutriva un malvagio intento contro i suoi famigliari. Quindi Finola era molto impaurita, ma solo i suoi grandi occhi e le guance pallide testimoniavano la sua apprensione mentre viaggiava con i suoi fratelli ed Eva. Così viaggiarono i ragazzi ridendo allegramente , incuranti delle ombre sulla fronte della loro matrigna , e delle pallide, tremanti labbra della loro sorella . Quando raggiunsero una via ombrosa Eva sussurrò ai suoi paggi "uccidete vi prego , i bambini di Lir , poiché loro padre non si cura più di me , a causa del grande amore che nutre per loro. Uccideteli , e una grande ricchezza sarà vostra". Ma i paggi risposero con orrore: "non li uccideremo, oh Eva , grande sarà il male che scenderà su di te , per aver covato nel tuo cuore un simile proposito." Allora Eva , colma di rabbia , sguainò la spada per ucciderli con le proprie mani , ma si rivelò troppo debole e cadde dentro al carro .

Così continuarono a viaggiare, uscirono dall'ombroso sentiero e si ritrovarono alla luce del sole. Le Margherite con gli occhi spalancati guardavano verso il cielo blu, dorati luccicavano i ranuncoli tra il trifoglio. Dai fossati facevano capolino non-ti-scordar-di-me, i caprifoglio profumavano le siepi, tutto intorno cantava il fanello, l'allodola e il tordo. Cosi Mentre i figli di Lir affrontavano il loro destino, intorno a loro regnava la luce del sole, le melodie degli uccelli e i profumi dei fiori. Fino a quando non raggiunsero un lago in cui fermarono i cavalli per farli riposare . Così Eva disse ai suoi figli di spogliarsi e andare a fare il bagno nelle acque del lago, ma quando i figli di Lir raggiunsero la riva , Eva si nascose dietro di loro impugnando una bacchetta fatata. Con la bacchetta toccò la spalla di ciascuno, ed ecco! mentre toccava Finola , la fanciulla si trasformò in un cigno bianco come la neve , ed ecco! mentre toccava Aed , Fiacra , e Conn i tre fratelli divennero simili a loro sorella. Ora quattro cigni candidi riposavano sul lago blu , e contro di loro la malvagia Eva intonò una nenia di sventura . Come ebbe finito, i cigni si rivolsero a lei , e Finola disse : "Il male tramite la tua bacchetta magica si è abbattuto su di noi, O

Eva , su di noi i bambini di Lir , ma un male ben maggiore scenderà su di te , a causa della durezza e della gelosia del tuo cuore". E il petto di Finola si sollevò mentre cantava il loro destino impietoso . Conclusa la canzone, la fanciulla-cigno parlò di nuovo: "dicci , o Eva , quando la morte ci libererà?". Ed Eva rispose: "per trecento anni la vostra casa sarà l' acqua di questo lago solitario. Per trecento anni abiterete le tumultuose acque del mare fra Erin e Alba , e per trecento anni rimarrete nel tempestoso e selvaggio Mare Occidentale. Fino a quando Decca sarà la regina di Largnen , e il buon Santo verrà a Erin , e voi sentirete il richiamo della campana di Cristo, né i tuoi pianti né le tue preghiere , né l' amore di tuo padre Lir , né la potenza del vostro Re, Bove Derg , avranno il potere di liberarvi dal vostro destino . Ma anche se siete dei cigni bianchi solitari tari terrete per sempre la vostra dolce lingua gaelica , e canterete, con voci lamentose , in modo tanto incantevole che la vostra musica porterà pace nelle anime di coloro che ascoltano. Perché ancora sotto il vostro piumaggio nevoso batteranno i cuori di Finola, Aed, Fiacra e Conn e ancora e per sempre sarete i figli di Lir". Poi Eva fece bardare i cavalli e se ne andò verso ovest. E sul lago rimasero a nuotare quattro solitari cigni bianchi . Quando Eva raggiunse il palazzo di Bove Derg da sola, egli si turbò molto per timore che fosse accaduto qualcosa di male ai figli di Lir . Ma i paggi, a causa del timore di Eva , non osarono riferire al re della magia che ella aveva scagliato. Pertanto Bove chiese: "perché, o Eva , non sei venuta con Finola e i suoi fratelli a palazzo oggi?" Ed Eva rispose: "perché , o re , Lir non confida più in te, quindi non ha permesso ai bambini di venire qui". Ma Bove Derg non credette alla sua figlia adottiva , e quella notte segretamente inviò dei messaggeri attraverso le colline verso la dimora di Lir. Quando i messaggeri arrivarono lì, e raccontarono la loro versione, grande fu il dolore del padre. E la mattina seguente con il cuore pesante riunì una compagnia di Dedannans, e insieme partirono per il palazzo di Bove Derg. Non rallentarono fino al tramonto quando raggiunsero la riva del lago solitario Darvra. Lir scese dal suo carro e rimase incantato. Cos'era questo suono lamentoso? le dolci parole gaeliche della voce della sua cara figlia erano ancora più incantevoli di un tempo, eppure , intorno a lui vedeva , solo il solitario lago blu. La musica ossessionante risuonò più chiara, e mentre le ultime parole si spegnevano lontano, quattro cigni candidi scivolarono da dietro le carici, e con un selvaggio battito d'ali volarono verso la riva orientale. Lì, colmo di stupore si trovava Lir. "Sappi, o Lir" disse Finola "che siamo i tuoi figli, trasformati dalla magia malvagia della nostra matrigna in quattro cigni bianchi". Quando Lir e il popolo dei DeDedanudirono queste parole , piansero ad alta voce. Ancora parlò la fanciulla-cigno: "trecento anni vivremo su questo lago solitario, trecento anni nella tempesta sulle acque tra Erin e Alba e trecento anni sul selvaggio Mare Occidentale . Fino a quando Decca sarà la regina di Largnen , fino a quando il buon Santo verrà a Erin e il richiamo della campana di cristo sarà ascoltato sulla terra , fino a quel momento non saremo salvati dal nostro destino". Allora grandi grida di dolore salirono dai

Dedannans , e di nuovo Lir singhiozzò ad alta voce. Ma poi il silenzio cadde sul suo dolore , e Finola raccontò come lei e i suoi fratelli avrebbero mantenuto per sempre la propria dolce lingua gaelica, come avrebbero cantato melodie in modo incantevole affinché la loro musica potesse recare pace alle anime di tutti coloro che la udivano. Disse anche, che, sotto il loro piumaggio nevoso , i cuori umani di Finola , Aed , Fiacra e Conn avrebbero continuato a battere, "resta con noi questa notte sul lago solitario" concluse "la nostra musica vi rapirà e le acque al chiaro di luna vi culleranno in sonni tranquilli. Rimani, rimani con noi". Così Lir e la sua gente rimasero sulla riva quella notte e fino alla mattina. Poi, con l'alba fioca , il silenzio cadde sul lago. Rapidamente Lir disse addio ai suoi figli, per cercare Eva e farla tremare al suo cospetto. Velocemente cavalcarono finché giunsero al palazzo di Bove Derg, e là vicino alle acque del grande Lago lo incontrò. "Oh, Lir , perché i tuoi figli non sono con te?". Triste suonò la risposta di Lir. "Ahimè! Eva , la tua figlia adottiva , con la sua magia malvagia li ha tramutati in quattro cigni bianchi come la neve. Sulle acque blu del Lago di Darvra dimorano ora Finola , Aed , Fiacra e Conn , e da là io vengo affinché possa vendicare il loro destino". Un silenzio come di morte cadde su di loro, ed Eva cominciò a tremare molto. E l'aspetto di Bove Derg divenne feroce e irato mentre alta sopra la figlia adottiva , impugnava il suo bastone magico. Terribile era la sua voce mentre pronunciava la sua condanna. "Donna infida , d'ora in poi non oscurerai più questa fiera terra , ma come un demone dell'aria vivrai in miseria fino alla fine dei tempi".

E d'un tratto dalle spalle di Eva crebbero nere ali d'ombra , e con un terribile urlo volò verso il cielo fino a quando i Dedannans non videro più nulla, salvo una macchiolina nera che svaniva tra le nuvole basse. E come un demone dell'aria le sue ali nere fecero volare Eva attraverso il cielo sino a oggi. Ma magnanimo e buono era Bove Derg. Egli mise da parte il suo bastone magico e così parlò: "oh mio popolo , lasciamo il Grande Lago , e posiamo le nostre tende sulle rive del Lago di Darvra . Più di ogni

37

altra cosa mi sono cari i figli di Lir , e io , Bove Derg e
Lir, loro padre , promettiamo di vivere per sempre vicino
alle acque solitarie dove essi dimorano". E quando
sentirono della sorte dei i figli di Lir e del voto che Bove
Derg aveva pronunciato da tutta l'isola verde di Erin, da
nord , sud, est e ovest giunsero i Dedannans ad affollare il
lago, fino a quando non costituirono un potente esercito
sulle sue rive. Cosi di giorno Finola e i suoi fratelli non
conoscevano la solitudine , poiché con la loro dolce
lingua gaelica raccontavano le loro gioie e paure ; e di
notte i possenti Dedannans non conoscevano ricordi
dolorosi , poiché da incantevoli canzoni erano cullati nel
sonno, e la melodia portò la pace nelle loro anime.
Lentamente passarono gli anni , e sulle spalle di Bove
Derg e Lir caddero lunghi capelli bianchi. Con timore
crebbero i quattro cigni , poiché il momento del loro volo
a nord verso il mare selvaggio di Moyle non era lontano.
E quando finalmente il triste giorno arrivò , Finola disse
ai suoi fratelli che i trecento anni felici sul lago Darvra
erano finiti e che essi avrebbero dovuto lasciare la

tranquillità delle sue acque solitarie per sempre . Allora, lentamente e tristemente , i quattro cigni scivolarono verso il margine del lago. Mai il candore del loro piumaggio aveva così abbagliato i presenti, mai musica così dolce e triste aleggiò sulle coste soleggiate del Lago di Darvra. Quando i cigni raggiunsero la riva , i tre fratelli rimasero in silenzio, e solo Finola cantò una canzone d'addio . Con le teste chinate i Dedannan ascoltarono il canto di Finola e quando la musica cessò e solo i singhiozzi ruppero il silenzio , i quattro cigni spiegarono le loro ali , e si librarono in alto , ma per un breve momento si fermarono a guardare Lir e Bove Derg rimasti in ginocchio. Poi, allungarono i loro colli graziosi verso nord , e volarono sopra le acque del mare in tempesta che separa l'azzurra Alba dalla verde isola di Erin. E quando in tutta l'Isola Verde si venne a sapere che i quattro cigni bianchi se ne erano andati, il dolore delle persone fu tanto grande che venne creata una legge in cui si proibiva di uccidere i cigni da quel giorno in poi . Con il cuore che ardeva di nostalgia per il padre e i loro amici , Finola e i suoi fratelli raggiunsero il mare di Moyle. Fredde e ghiacciate erano le sue acque invernali , nere e terribili le rocce scoscese a strapiombo. Spesso soffrirono i morsi della fame e tutto intorno a loro sembrava ancora più buio, quando i figli di Lir ricordavano le acque del Lago Darvra e i Dedannan ospiti delle sue rive tranquille . Qui il sospiro del vento tra le canne non leniva più il loro dolore , mentre il rombo della risacca riempiva di terrore le loro anime. Nella miseria e nell'angoscia passarono i loro giorni, finché in una notte nera , le nuvole basse presagirono un'imminente tempesta. Allora Finola chiamò Aed , Fiacra e Conn, con il cuore colmo di paura, ché nella furia della bufera venissero separati gli uni dagli altri. "Quindi, decidiamo dove incontrarci quando la tempesta sarà finita". E Aed rispose: "sei saggia , cara , dolce sorella. Se saremo separati potremo riunirci nuovamente sull'isola rocciosa che è stata molte volte il nostro rifugio, poiché la conosciamo bene e da lontano può essere vista." Sempre più buia diveniva la notte , più forte infuriava il vento , così i quattro cigni si tuffarono e riemersero sui flutti giganti. Eppure ancora più agguerrito soffiò il vento, fino a mezzanotte raffiche forti si mescolarono con il ruggire del tuono, ma, nel bagliore blu dei lampi e dei fulmini, i figli di Lir videro ciascuno la forma nevosa degli altri. La furia folle del ciclone aumentò ancora, e la sua forza strappò un cigno dal suo nido e lo spazzò nel buio della notte tra i flutti. Un altro lampo blu e ogni cigno si rese conto di essere da solo, ed emise un grido di disperazione. Sballottati qua e là, dal vento e delle onde, gli uccelli bianchi erano pressoché morti quando giunse l'alba. E con l'alba la quiete. Quando le sue ali stanche riuscirono a sostenerla, Finola volò verso l'isola rocciosa, dove sperava di trovare i suoi fratelli. Ma, ahimè! di loro non c'era nessun segno. Allora volò verso la cima più alta delle rocce. Guardò verso Nord, sud, est e ovest, ma non vedeva nulla salvo un deserto di acqua. Il suo cuore venne meno, così cantò la melodia più triste che conosceva. Mentre le ultime note si spegnevano Finola alzò gli occhi, ed ecco! Conn nuotava lentamente verso di lei con il piumaggio inzuppato e la

testa china. E come guardò , ecco! Fiacra apparve, ma era
ormai esausto. Allora Finola nuotò verso di lui per
soccorrerlo, e presto i due gemelli furono al sicuro sulla
roccia illuminata dal sole, immersi nel calore sotto le ali
della loro sorella . Eppure il cuore di Finola batteva
ancora ansioso mentre riparava i suoi più giovani vani
telli , perché Aed non era ancora tornato, e temeva che si
fosse perso per sempre . Ma , a mezzogiorno , egli fece
ritorno sopra il seno delle acque blu , con la testa eretta e
il piumaggio al sole. E sotto le sue piume Finola lo
accolse, e insieme a Conn e Fiacra lo cullò sotto le sue ali
. "Riposatevi qui, cari fratelli" disse e cantò per loro una
ninna nanna così dolce che gli uccelli marini tacquero e
accorsero per ascoltare la triste melodia. E quando Aed e
Fiacra e Conn si addormentarono, le note di Finola
divennero più deboli e la sua testa si abbassò, così anche
lei si assopì pacificamente nella calda luce del sole . Ma
pochi erano i giorni di sole sul mare di Moyle , e molte
erano le tempeste che agitavano le sue acque. Quando il
gelo invernale divenne ancora piu rigido la miseria dei

quattro cigni bianchi crebbe più grande che mai. Persino le loro canzoni gaeliche più tristi non riuscirono a descrivere metà del loro guai.

Così ancora cercarono rifugio dalla furia della tempesta sull'isola rocciosa. Lentamente passarono gli anni della sventura , fino a quando nel mezzo dell'inverno un gelo più acuto di qualsiasi altro conosciuto prima, congelò il mare in un pavimento di solido ghiaccio. Di notte i cigni si accovacciavano insieme sull'isola rocciosa per riscaldarsi, ma ogni mattina si ritrovavano congelati e riuscivano a liberarsi tra grandi pianti, poiché le rocce ghiacciate strappavano le piume dalle loro ali bianche , e la pelle dai loro poveri piedi . E quando il sole sciolse la superficie del ghiaccio delle acque, ed i cigni poterono nuotare ancora una volta nel mare di Moyle , l'acqua salata entrava nelle loro ferite, provocando forti dolori. Ma con il tempo le piume sul petto e sulle ali crebbero nuovamente, e le loro ferite guarirono. Gli anni passarono e di giorno Finola e i suoi fratelli potevano volare verso le coste dell'Isola Verde di Erin , o sui rocciosi promontori blu di Alba , oppure potevano nuotare lontano nel fioco deserto grigio di acqua. Ma di notte il loro destino gli imponeva di tornare al mare di Moyle. Un giorno , mentre guardavano verso l'Isola Verde , videro venire verso la costa un drappello di cavalieri su cavalli bianchi come la neve, le loro armature scintillavano al sole. Un grido di gioia si udì dai figli di Lir , poiché non avevano visto più alcun essere umano da quando spiegarono le loro ali sopra il lago di Darvra , e volarono verso il mare in tempesta di Moyle. "Ditemi" disse Finola ai suoi fratelli , "ditemi se vi sembrano appartenere al popolo dei Dedannan". E Aed, Fiacra e Conn aguzzarono la vista, e Aed rispose: "mi pare , cara sorella , che appartengano davvero al nostro popolo" . Mentre i cavalieri si avvicinavano videro i quattro cigni , e ogni uomo gridò in gaelico: "ecco i figli di Lir!" E quando Finola e i suoi fratelli sentirono ancora una volta la dolce lingua gaelica e videro i volti del loro popolo , furono grandemente felici. Per lungo tempo rimasero in silenzio, ma alla fine Finola parlò . Raccontò della loro vita sul mare di Moyle, delle piogge tristi e del

44

vento impetuoso, delle onde giganti e del tuono ruggente ,
del nero gelo e dei loro poveri corpi malconci e feriti.
Della solitudine della loro anima. "Ma diteci" continuò
"diteci di nostro padre , Lir. Vive egli ancora? e Bove
Derg , e i nostri amici Dedannan?" Taciturni divennero i
Dedannans a causa del dolore che nutrivano per Finola e i
suoi fratelli , ma dissero che Lir e Bove Derg erano
ancora vivi e vegeti , e stavano ora celebrando una festa a
casa di Lir. Soddisfatti allora furono i cuori di Finola e dei
suoi fratelli. Ma non potevano attardarsi ancora, poiché
dovevano volare dalle piacevoli rive di Erin al mare di
Moyle , secondo il loro destino. E mentre volavano ,
Finola cantava e debole aleggiava la sua voce al di sopra
dell'esercito. Più le note della melodia divenivano deboli,
più i Dedannans piangevano ad alta voce. Poi , quando i
candidi uccelli sbiadirono dalla vista, la compagnia volse
la testa dei loro destrieri bianchi dalla riva e cavalcarono
verso sud a casa di Lir. E quando riferirono della
sofferenza di Finola e dei suoi fratelli , grande fu il dolore
dei Dedannans. Eppure Lir era contento che i suoi figli

fossero ancora vivi e pensò al giorno in cui la magia sarebbe finalmente cessata e i suoi cari sarebbero stati liberi. Ancora una volta si conclusero i trecento anni di sventura e i quattro cigni bianchi furono contenti di lasciare il mare crudele di Moyle. Eppure essi potevano volare solo verso il selvaggio Mare Occidentale, in cui si abbattevano violente tempeste come prima , e qui in nessun modo sarebbero sfuggiti alla furia spietata del vento e delle onde. Un gelo peggiore di qualunque altra cosa che avevano subito prima spinse i fratelli alla disperazione. Congelati a una roccia, una notte gridarono ad alta voce a Finola che essi desideravano la morte. E anche lei, in cuor suo nutriva un simile desiderio. Ma quella stessa notte un sogno venne alla fanciulla-cigno , e quando si svegliò , gridò ai suoi fratelli di rincuorarsi. "Confidate, cari fratelli , nel grande Dio, che ha creato la terra con i suoi frutti e il mare con le sue meraviglie terribili. Confidate in Lui ed Egli ci risparmierà. Così i suoi fratelli risposero "allora confideremo." E Finola ripose la sua fiducia in Dio e tutti caddero in un profondo sonno. Quando i figli di Lir si svegliarono, il sole splendeva e per tutti i trecento anni sul Mare Occidentale, né vento, né onda, né pioggia, né gelo fecero mai del male ai quattro cigni. Su un'isola erbosa vissero e cantarono le loro melodie meravigliose di giorno, di notte si riposavano insieme sull'erba morbida e si svegliavano la mattina con il sole e la pace. E lì sull'isola erbosa dimorarono, fino a che i trecento anni non finirono. Allora Finola chiamò i fratelli e tremante disse che era giunta l'ora di volare verso est, verso la propria vecchia casa. Leggiadramente spiegarono le ali e rapidamente volarono fino a raggiungere la terra. Qui si posarono e si guardarono l'un con l'altro, ma troppo grande era la loro gioia per poter parlare. Poi di nuovo volarono sopra l'erba verde su e ancora più su, fino a raggiungere le colline e gli alberi che circondavano la loro vecchia casa. Ma, ahimè! videro solo i ruderi della dimora di Lir. Intorno solo un deserto coperto di erbacce e ortiche. Troppo abbattuti per volare, i cigni dormirono quella notte all'interno delle rovine tra le pareti della loro vecchia casa, ma, quando giunse il nuovo giorno nessuno , poteva più sopportare quella solitudine e ancora una volta volarono verso ovest. E non si fermarono fino a quando non arrivarono a Inis Glora. Su un piccolo lago , nel cuore dell'isola costruirono la loro casa e con la loro musica incantevole , attirarono sulle sue rive tutti gli uccelli dell'ovest , così il lago venne chiamato "Il lago dei mille uccelli". Lentamente passarono gli anni , e una grande nostalgia riempì i cuori dei figli di Lir. Quando il buon Santo sarebbe venuto a Erin ? Quando si sarebbe udito il suono della campana di Cristo per terra e per mare ? Una rosea aurora i cigni si svegliarono tra i giunchi del lago dei mille uccelli e udirono uno strano suono lontano. Tremando, si avvicinarono l' uno all'altro , fino a quando i fratelli volarono via per la paura. Eppure tremando ritornarono dalla loro sorella, che era rimasta in silenzio tra i carici. Accovacciati al suo fianco chiesero: "che cosa , cara sorella , può essere lo strano suono che si ode in tutta la nostra isola?" Con calma, e profonda gioia Finola rispose: "cari fratelli, è la campana del cristo ciò che voi

48

ascoltate , la campana , di cui abbiamo sognato per tre volte trecento anni. Presto l'incantesimo sarà rotto , presto le nostre sofferenze finiranno". Allora Finola scivolò dal riparo dei carici sul lago rosa acceso e là sulla riva del Mare Occidentale cantò una canzone di speranza. La pace si insinuò nei cuori dei fratelli mentre Finola cantava e come lei cessò, ancora una volta la campana risuonò per tutta l'isola. Non più crebbe il terrore nei cuori dei figli di Lir , ma in una grande pace affondarono le loro anime . Poi , quando l'ultimo rintocco finì, Finola disse: "cantiamo una melodia per il grande Re del Cielo e della Terra". Lontano viaggiò la loro dolce melodia, lontano attraverso Inis Glora , fino a raggiungere il buon San Kemoc , le cui preghiere fecero risuonare la campana di Cristo. E lui, pieno di meraviglia per la dolcezza di quella musica , si alzò ammutolito, ma quando gli venne rivelato che le voci che udiva erano le voci di Finola, Aed, Fiacra e Conn, che ringraziavano l'Alto Dio per il suono della campana di Cristo, si inginocchiò e rese grazie , poiché era giunto sino a Inis Glora proprio per cercare i figli di

Lir. Nel fulgore del mezzogiorno , Kemoc raggiunse la riva del laghetto , e vide quattro cigni bianchi che scivolavano sulle sue acque. Cosi senza bisogno di chiedere se fossero i figli di Lir rese grazie all'Alto Dio che lo aveva portato sino qua . Poi solennemente il buon Kemoc disse ai cigni: "venite subito a terra e riponete la vostra fiducia in me, poiché è in questo luogo che sarete liberati dal vostro sortilegio". A queste parole i quattro cigni bianchi gioirono , e si posero sotto la protezione del Santo. E lui li condusse alla sua cella , e abitarono con lui. E Kemoc inviò a Erin un sapiente fabbro e ordinò di forgiare due catene sottili di argento scintillante. Finola e Aed vennero uniti con una catena d'argento , e con l'altra legò Fiacra e Conn. Mentre i figli di Lir dimorarono con il santo Kemoc , egli li educò alla meravigliosa storia di Cristo che lui e San Patrizio avevano recato sull'isola verde. E la storia allietò talmente i loro cuori che dimenticarono la miseria delle loro sofferenze passate, e vissero così, felicemente con il Santo. Ed essi erano molto cari a lui, cari come se fossero stati i suoi stessi figli. Tre volte trecento anni erano passati da quando Eva sancì il destino dei figli di Lir. "Fino a quando Decca sarà la regina di Largnen , fino a quando il buon Santo verrà a Erin , e voi ascolterete la campana del Cristo, sarete condannati al vostro triste destino." Il buon Santo era infatti giunto, e le dolci note della campana del Cristo erano state ascoltate , e la fiera Decca ora era la regina di re Largnen. Presto giunse alle orecchie di Decca la storia della fanciulla-cigno e dei suoi tre fratelli. Strane storie sulle loro affascinanti melodie e sulla crudeltà delle loro miserie. Allora pregò il marito , il Re , di andare da Kemoc e portarle questi uccelli umani. Ma Largnen non voleva chiedere a Kemoc di dargli i suoi cigni , e cosi non andò. Allora Decca si arrabbiò , e giurò che non avrebbe più vissuto con Largnen , fino a quando non avrebbe portato i cigni a palazzo. E quella stessa notte ella partì verso il regno di suo padre , nel sud. Tuttavia Largnen amava Decca , e grande era il suo dolore quando sentì che lei era fuggita , cosi ordinò ai messaggeri di raggiungerla e di dirle che avrebbe preso i cigni bianchi se fosse

51

tornata. Pertanto Decca ritornò al palazzo , e Largnen inviò un messaggero da Kemoc a mendicare da lui i quattro cigni bianchi. Ma il messaggero ritornò senza gli uccelli . Allora Largnen si adirò , e partì egli stesso per la cella di Kemoc. Così trovò il Santo nella chiesetta e davanti all'altare c'erano i quattro cigni bianchi. "E' vero che hai rifiutato di donare questi uccelli alla regina Decca?" chiese il re. È vero" rispose Kemoc . Allora Largnen si adirò più di prima, prese la catena d'argento di Finola e Aed con una mano , e la catena di Fiacra e Conn con l'altra, e trascinò gli uccelli giù dall'altare e per il corridoio , deciso a lasciare la chiesa. E colmo di paura il santo lo seguì. Ma ecco! quando raggiunsero la porta , le piume candide dei quattro cigni caddero a terra , ed i figli di Lir furono liberati dal loro destino. Poiché non era forse Decca la sposa di Largnen , e il buon Santo non era giunto? e non avevano udito la campana del cristo? Ma invecchiati e deboli erano i figli di Lir. Rugosi erano i loro volti fieri e piegati i loro piccoli corpi bianchi . A una tale vista Largnen , spaventato , fuggì dalla chiesa , e il buon Kemoc esclamò ad alta voce: "guai a te, o re!" Poi i figli di Lir si rivolsero al Santo , e Finola disse: "battezzaci ora , te ne preghiamo , perché la nostra morte è vicina. Pesante è il nostro cuore dal dolore di doverci separare da te, sapendo che dovrai vivere in solitudine i tuoi giorni sulla terra. Ma tale è la volontà dell'Altissimo. Qui puoi scavare le nostre tombe e seppellire i nostri quattro corpi. Conn in piedi alla mia destra , Fiacra alla mia sinistra , e Aed davanti a me , perché così ho riparato i miei cari fratelli per tre volte trecento anni sotto le ali." Allora il buon Kemoc battezzò i figli di Lir e successivamente il Santo alzò lo sguardo ed ecco! egli ebbe la visione di quattro bei bambini con ali argentee, radiosi come il sole; e mentre guardava essi volavano sempre più in alto, fino a quando non si persero nella nebbia blu. Allora il buon Kemoc fu contento , perché sapeva che erano andati in Paradiso. Ma , quando guardò in basso, vide quattro corpi giacere presso la porta della chiesa e Kemoc pianse incessantemente. Allora il Santo ordinò di scavare una vasta tomba vicina alla piccola chiesa e qui furono sepolti i figli di Lir. Conn in piedi, a destra di Finola e Fiacra alla sua sinistra e davanti Aed. E l'erba cresceva verde sopra di loro e una lapide bianca portava i loro nomi e sulla tomba aleggiava mattina e sera la dolce melodia della campana di cristo.

I FOLLETTI NEL MULINO

La piana vicino alla fattoria di Enrick era un tempo un grande loch; più a valle sono ancora visibili i resti di un mulino che all'epoca era alimentato dalle sue acque. Una notte, pochi giorni prima di Halloween, due contadini si recarono alla fucina del fabbro per far riparare la lama del loro aratro. La fucina era poco distante dal vecchio mulino e, giunti nelle vicinanze, i due giovani udirono una musica provenire dall'interno di quelle mura. Si fecero più vicini: qualcuno suonava il violino, altri cantavano, altri ancora ridevano, ballavano e discorrevano fra loro. Pareva proprio una bella festa. Uno dei contadini decise di entrare a dare un'occhiata, l'altro rimase fuori ad aspettare. Ma dopo alcune ore di attesa, poiché il compagno non era ancora tornato, si incamminò verso casa, convinto che i folletti l'avessero preso con sé. Un anno più tardi, sempre nel periodo di Halloween, il ragazzo tornò alla fucina del fabbro con un altro amico, facendo lo stesso percorso. Questa volta però, prima di partire si mise in tasca una Bibbia. Dal mulino giunsero di nuovo i suoni dei festeggiamenti. Il ragazzo, stringendo la Bibbia in una mano, si fece coraggio ed entrò. E immediatamente vide il compagno che aveva lasciato in quello stesso posto nello stesso giorno dodici mesi prima! Gli porse la Bibbia e d'un tratto si interruppero musica e danze, le luci si spensero e il luogo fu avvolto dalla completa oscurità. Ma cosa abbia fatto il ragazzo nel vecchio mulino, durante quel lungo anno, non si è mai saputo.

LA DONNA CHE RIUSCÌ A VINCERE IL KELPIE D'ACQUA

C'era una volta un soldato che tornava verso casa dopo aver combattuto in terra straniera. Con la cornamusa sotto il braccio, marciava di gran carriera perché aveva davanti a sé molte miglia di cammino. Il suo cuore era libero e leggero: non vedeva l'ora di essere di nuovo a casa. Quando le prime ombre della sera cominciarono a calare si accorse però che gli restava da percorrere ancora parecchia strada, così cominciò a guardarsi intorno per trovare un riparo ove passare la notte. Giunto in cima a una collina, rivolse lo sguardo alla valle che si stendeva sotto i suoi piedi: una distesa di piccole luci tremolanti rivelò al giovane la presenza di un villaggio. Era l'ora di cena e il fumo saliva dai camini delle case, nelle quali i paesani stavano sicuramente consumando il loro pasto. Stanco e affamato, il soldato prese subito la direzione del villaggio, confidando che avrebbe trovato una locanda dove ristorarsi e passare la notte. Accelerò il passo e sentì svolazzare il suo kilt, mentre i nastri della cornamusa garrivano, sferzati dal vento. Giunto ai piedi della collina, si arrestò di colpo. C'era una piccola casa, a lato della strada, e seduta su una panca davanti all'uscio stava una fanciulla dai capelli neri e dagli splendidi occhi azzurri, che sembrava godersi l'aria fresca della sera. Il soldato la guardò intensamente, e la ragazza ricambiò lo sguardo. Così, senza dire una parola, il giovane passò oltre e proseguì il suo cammino. Ma la visione di quella fanciulla gli aveva fatto sobbalzare il cuore: mai aveva incontrato in vita sua una fanciulla tanto bella. Al villaggio la fortuna gli arrise. Trovò una locanda dove gli prepararono un letto per dormire. "Se avrai la pazienza di aspettare un poco" gli dissero, "ti cucineremo anche un piatto caldo." "Certo" rispose il soldato. "Aspetterò con piacere." Poi salì nella sua stanza, posò la cornamusa e si sedette finalmente a riposare. Le gambe erano assai affaticate dopo la lunga giornata di cammino. Quando ridiscese trovò il locandiere che apparecchiava la tavola e ne approfittò per scambiare qualche parola con lui. Dopo un po' gli chiese: "Conoscete una ragazza dai capelli neri come l'ala del merlo e gli occhi azzurri come il fiore del lino che vive nella casa ai piedi della collina?" "Sicuro" rispose l'oste. "È la figlia del tessitore." "L'ho incontrata mentre scendevo dalla collina in direzione del villaggio" spiegò il soldato, "e, devo confessare, in vita mia non ho mai veduto una fanciulla che mi piacesse tanto." L'uomo guardò il giovane di sfuggita, e tacque. "Desidero andare a parlare con suo padre" continuò il soldato, "e se i miei sentimenti saranno corrisposti, forse potremo combinare un matrimonio." "Ti avviso, forse faresti meglio a lasciar perdere" disse a quel punto l'oste. "E per qual motivo?" domandò il giovane. "È forse già promessa a qualcuno di queste parti?" "No, non è per questo" ribatté il locandiere. "È solo che… Beh! Non è una ragazza che parli molto." "Benissimo" rispose il soldato. "È tutt'altro che disdicevole per una donna essere di poche parole. Anzi, io

59

non potrei sopportare una donna dalla lingua lunga." Il locandiere aveva finito di apparecchiare, e la cena era pronta. Così, la conversazione si concluse con quelle parole. Dopo essersi ben saziato, il soldato uscì dalla locanda e tornò sui suoi passi fino alla casa dove aveva veduto la bella fanciulla. Costei era ancora seduta sulla panca vicino alla soglia. "Mi piacerebbe scambiare due parole con tuo padre, ragazza mia" esordì il soldato. La fanciulla si alzò e senza dir niente aprì l'uscio, facendosi da parte per lasciarlo entrare. Quindi richiuse la porta alle sue spalle e lo lasciò solo in mezzo alla stanza. Il ragazzo si guardò intorno e, in un cantuccio, vide un uomo che stava togliendo dal telaio una stoffa appena tessuta. "Sei tu il tessitore?" gli chiese. "E chi altri potrei essere?" rispose l'uomo, cominciando a piegare la stoffa. "Sono venuto per parlarti di tua figlia" esordì il soldato. Il tessitore posò la stoffa e si avvicinò al soldato: "Dimmi, ti ascolto." Il giovane andò subito al punto. "Semplice. Si tratta di questo: da quando l'ho veduta non faccio che pensare a lei. Mi piace e, se non hai nulla in contrario, vorrei chiedere la sua mano." Il tessitore rimase a fissare il soldato con lo sguardo fermo, ma senza dir nulla. "Stai tranquillo, saprò provvedere alle sue necessità" lo rassicurò il ragazzo. "Non le farò mancare nulla. Al mio paese possiedo un piccolo croft di buona terra che mi rende a sufficienza e un gregge di pecore. In più, ho qualche soldo da parte. Niente di esagerato, si intende, ma basterebbe senz'altro a garantirci una vita dignitosa. Sempre che io interessi a tua figlia." "Mettiti a sedere" disse il tessitore. I due si sedettero accanto al focolare. "Dove hai preso alloggio? Alla locanda?" chiese il tessitore. "Naturale" rispose il soldato. "Dove mai potrebbe stare un viaggiatore?" "Beh, allora immagino che ti abbiano già informato sulla mia figliola." "Cosa avrebbero potuto dirmi che non fossi in grado di vedere da me?" ribatté il soldato. "Anzi, sì, una cosa me l'hanno detta: è di poche parole. Sì, ecco cosa mi hanno detto." "Di poche parole!" esclamò il tessitore. "Bene, sappi che non parla affatto!" "Davvero?" fece il soldato, stupito. "Ti racconterò una cosa" proseguì il tessitore. "Circa un anno fa, o forse due, uscì a passeggio nell'ora del crepuscolo. Da quella notte non ci fu più verso di cavarle di bocca una sola parola. E nessuno è ancora riuscito a capire che cosa sia accaduto. La gente del villaggio è convinta che sia stata stregata." "Non importa" concluse il soldato. "Sono intenzionato a prenderla, se mi vuole, che parli o no." Fu chiesto dunque alla ragazza se voleva sposare il soldato, e lei acconsentì. Dopo le nozze, come stabilito i due si trasferirono nel croft del soldato. Mentre l'uomo badava alle pecore e al campo intorno alla casa, la ragazza teneva in ordine le stanze, cucinava, filava e badava alle galline. La vita procedeva nel migliore dei modi. I due ragazzi erano soddisfatti l'uno dell'altra: la giovane compensava il suo mutismo ascoltando l'amato marito che per ore e ore le parlava di sé. Per non dire che sapeva fare il pane con mano leggera, filare con mano veloce e tenere la casa perfettamente pulita e ordinata. Infine, il suo sorriso era dolce e melodioso come una canzone. Per la maggior parte della giornata, il soldato era fuori di casa a lavorare nel croft. Quando tornava alla fattoria, la sera, il bacio e il sorriso che la moglie gli donava erano forse ancora più graditi di altrettante parole. L' anno volgeva al termine e le giornate si facevano sempre più brevi, mentre le notti diventavano lunghe e buie, sferzate da un vento gelido. Le pecore furono chiuse nelle stalle e il giovane si ritrovò a trascorrere la maggior parte del proprio tempo in casa. E pian piano si insinuò in lui una nuova sensazione: la casa era così silenziosa che spesso e volentieri aveva l'impressione di essere solo. Smise perfino di parlare, perché il suono della sua voce che risuonava fra quelle mura, perdendosi senza risposta, gli metteva i brividi. E tuttavia non smise di amare teneramente la cara moglie, anche se talora sentiva il bisogno di uscire, di fuggire da quelle stanze e da quel pesante silenzio. Prese dunque l'abitudine di varcare la soglia, di notte, per ascoltare i suoni della natura: il soffio del vento, il fruscio delle foglie secche, il tonfo di un ramo che cadeva al suolo. A volte gli giungeva alle orecchie perfino il latrato di un cane, che proveniva da qualche croft al di là dalla collina. Quello era il mondo, con i suoi rumori. Una notte di luna piena il soldato decise di uscire a passeggio e disse alla ragazza: "Voglio approfittare della luna piena per fare una passeggiata lungo la strada." E dopo aver bevuto il suo tè, uscì dalla casa e si mise in marcia. Vagava senza meta quando, a un certo punto, quasi si scontrò con un cavallo. L'animale si arrestò di colpo, facendo tintinnare i finimenti, e il soldato notò che tirava un carretto stracolmo di masserizie, mobili e oggetti domestici. Alla guida del carretto erano un uomo e una donna, che si rivolsero al soldato per chiedere informazioni: "È questa la direzione per Auchinloch?" chiesero. "Ahimè, siete completamente fuori strada" rispose. "Questa strada porta dritti a Crieff, che si trova a circa quaranta miglia di distanza. E tra qui e Crieff non troverete molto altro che colline." La donna alzò gli occhi al cielo: "Dovremo tornare indietro!" esclamò preoccupata. "Povera ragazza" disse l'uomo. "Sei tanto stanca, lo so." "Veramente era a te che stavo pensando" rispose quella. "Non sono più stanca di te." Il soldato si intromise nella conversazione, invitando la coppia a fermarsi per la notte: "Non c'è modo che riusciate a raggiungere Auchinloch questa notte. Perché non passate qui la notte e vi rimettete in viaggio domani mattina, dopo una buona dormita? Anche il cavallo ha bisogno di riposare, e poi potrete viaggiare più veloci alla luce del giorno. Ascoltatemi, è la soluzione migliore." Il soldato aveva fatto quell'offerta pensando forse più a lui stesso che alle sorti dei viandanti: finalmente avrebbe potuto udire delle voci in casa propria. Altre voci, oltre alla sua! I due si lasciarono ben presto convincere e, di lì a breve, si ritrovarono tutti nella casa, mentre il cavallo fu lasciato nel fienile con una buona razione di avena. L'uomo e la donna erano persone cordiali e gradevoli e, soprattutto, parlavano volentieri; proprio quello che il soldato aveva sperato. Raccontarono che stavano traslocando in un croft lasciato loro da un vecchio zio, aggiungendo che avevano urgenza di sistemarsi prima che per le pecore fosse venuto il tempo di partorire. Altrimenti non si sarebbero certo messi in cammino in una stagione come quella. Parlavano con entusiasmo e non vedevano l'ora di giungere a

65

destinazione: era quello infatti il loro primo e unico possedimento. Durante tutto il tempo in cui andò avanti la conversazione, la moglie del soldato sedette accanto a loro, sorridendo ma senza proferir parola. L'uomo e la donna, pensando non avesse nulla da dire, non la interpellarono mai. Ma la mattina seguente, quando erano già pronti per rimettersi in viaggio, scortati fino al cancello dal soldato che indicava loro la strada da seguire, la donna si chinò verso di lui e gli chiese: "Com'è che tua moglie non parla mai?" "Ahimè" confessò l'uomo. "Sono due anni che non apre bocca." "Oh povera me!" disse la donna. "Ma non è sorda, vero?" "Affatto!" replicò il soldato. "È in grado di udire tutto ciò che si dice. La gente del villaggio da cui proviene dice che è stata stregata." "Mi aspettavo qualcosa di simile" rispose la donna. "Ascolta, ora ti dirò che cosa devi fare. C'è una vecchia, nel paese in cui vivevamo, che ha dei poteri ed è capace di guarire le persone. Mia sorella era stata data per spacciata dai medici e lei l'ha aiutata. Pensa, ben dieci anni fa, e mia sorella è viva e vegeta ancora oggi. Porta là tua moglie e segui i suoi consigli." La donna spiegò per filo e per segno al soldato dove avrebbe potuto trovare la vecchia e, mentre il carro si stava già allontanando, soggiunse: "È buona come il pane, non chiede mai niente per l'aiuto che offre alle persone e, anche se fosse una strega, nessuno ha mai avuto nulla da ridire sul suo conto. Non devi avere paura di lei, è soltanto una brava vecchina con dei poteri speciali." Il carretto partì cigolando e il soldato rientrò in casa. "Preparati" disse alla moglie, "che andiamo a far visita a una persona." Non aggiunse altro, né le spiegò la ragione di quella partenza improvvisa: non era sicuro infatti dell'esito della spedizione e non voleva che la moglie rimanesse delusa se il responso della vecchia fosse stato negativo. Quindi attaccò il cavallo al carretto e partì con la moglie verso il luogo dal quale proveniva la coppia in viaggio per Auchinloch. La vecchina era là, proprio in quella casa che la donna gli aveva indicato. Era di carnagione bianca e rosea, rotondetta e dai modi gentili. I suoi occhi, però, avevano una profondità speciale che faceva immaginare che nessuna cosa al mondo avrebbe potuto nascondersi al suo sguardo, se solo lei avesse voluto vederla. Il soldato le espose la sua storia e la vecchina si ripromise di aiutarli, se fosse stata in grado. Le dicerie sul fatto che la moglie era stata stregata corrispondevano probabilmente alla verità; l'importante era scoprire il modo in cui ciò era potuto accadere. E, dato che la ragazza non poteva parlare, la faccenda poteva richiedere anche parecchio tempo. La vecchia chiese dunque al soldato di lasciarle sole e di andare a fare una lunga passeggiata, raccomandandogli di non tornare troppo presto, altrimenti sarebbe stata costretta a spedirlo lontano per un altro po' di tempo. Il ragazzo si mise in marcia e dopo parecchio girovagare si ritrovò alle porte di un villaggio che sorgeva a una certa distanza dalla casa della vecchina. Il villaggio era composto dalla bottega di fabbro, da una vecchia chiesa in pietra, un fornaio e un piccolo negozio con alcuni vasi di dolciumi in vetrina, che vendeva in realtà tutto quanto non si poteva trovare negli altri negozi. C'era anche un altro locale, per la verità, una taverna ove il giovane si sedette giusto per ingannare il tempo; un tempo che sembrava non passare mai. Dopo avere atteso per un po', il soldato si disse che era giunta l'ora di tornare a riprendersi la moglie. "Che idea sciocca" pensò, "portarla da quella vecchina." Di sicuro, se quella gli avesse detto di andare a farsi un altro giro non le avrebbe ubbidito. Sua moglie se la sarebbe tenuta così com'era e, insieme, sarebbero tornati subito a casa. E forse, se avesse potuto immaginare quello che sarebbe poi successo, questo è proprio ciò che avrebbe fatto. Invece, quando arrivò dalla vecchia, le due donne lo stavano già aspettando. "Ecco la causa dei guai di tua moglie" disse le vecchina. "Ho scoperto che ha offeso il kelpie d'acqua, una creatura maligna L da cui bisogna guardarsi. Quando quella sera di due anni or sono uscì di casa, andò a bere al pozzo nel quale vive il kelpie. Mentre si chinava per bere, uno dei pettini nella crocchia dei suoi capelli cadde in acqua senza che lei se ne accorgesse. La purezza delle acque in cui abitava il kelpie fu così irrimediabilmente corrotta, e quell'essere maligno non avrebbe più potuto abitare in quel luogo finché la donna non si fosse ripresa il pettine. La furia del kelpie si tradusse in un incantesimo sulle acque, così che bevendole lei perse la parola." "E ora, che possiamo fare" domandò il soldato. "Riporta tua moglie al pozzo e falle ripescare il pettine" disse la vecchia. "E poi parlerà?" chiese pieno di speranza il soldato. "Parlerà" rispose la vecchia. "Ma stai molto attento al kelpie d'acqua, prima che possa farle altro male. Quella bizzarra creatura è assai imprevedibile e nessuno può dire quale altro maleficio tenga in serbo." a coppia ripartì con una gioia incontenibile nel cuore. Il soldato avrebbe voluto ricompensare la vecchia per il suo prezioso aiuto, ma quella disse che non era stata gran cosa e comunque non accettava mai denaro quando faceva del bene a qualcuno. Quindi la salutarono calorosamente e si misero in marcia. Giunti a casa, cercarono immediatamente qualcuno cui affidare il croft, poi si rimisero in viaggio nella speranza di riuscire a spezzare il sortilegio che aveva fatto perdere la parola alla ragazza. Dopo un lungo cammino arrivarono alle soglie del villaggio, da cui si addentrarono nel bosco ove si trovava il pozzo. Ritrovarlo non fu difficile. La ragazza si chinò, rimboccandosi la manica del vestito, e immerse subito il braccio nell'acqua, tastando il fondo con la punta delle dita finché toccò i denti del pettine. Con qualche fatica riuscì a estrarlo, dopodiché lo rimise fra i capelli e, quale magnifica sorpresa, poteva di nuovo parlare! "Amore mio, finalmente ti posso parlare!" esclamò rivolgendosi al marito. Quelle furono le prime parole che pronunziò. E le seconde: "Ho così tante cose da dire!" Per prima cosa i due tornarono nella casa natale della moglie, dove il tessitore li accolse con gioia. Quando poi scoprì che la figlia era di nuovo in grado di parlare non riuscì a trattenere l'emozione e corse in giro gridando a destra e a manca: "Mia figlia ha ritrovato la parola!" Fu una giornata di grande felicità per tutti quanti. Il tessitore e il soldato non si stancavano di ascoltare quella voce, che pareva musica, né la donna di ciarlare. Dopo qualche giorno la ragazza espresse il desiderio di tornare a casa con il marito. Così montarono sul carretto e ripartirono, in un'atmosfera di grande felicità. Durante il viaggio lei non smise di chiacchierare neppure per un istante, e la sua voce era per il marito la musica più bella che avesse mai udito. Quando arrivarono a casa era ancora inverno; le pecore erano ancora nella stalla e, come loro, il soldato dovette aspettare la bella stagione chiuso fra le mura di casa. E proprio quella casa, in cui un tempo il silenzio gravava come una nube minacciosa, ora non conosceva più neppure un attimo di silenzio. La ragazza aveva da raccontargli questo e quello, e molte altre cose ancora. A stento il soldato riusciva a infilare qualche frase nei lunghi monologhi della moglie, eppure continuava a pensare che non ci fosse cosa più piacevole che ascoltare quella voce. Quando l'inverno cominciò a lasciar posto alla primavera, il giovane si accorse di qualcosa di strano: la moglie parlava davvero in continuazione, parlava dalla mattina alla sera e, probabilmente, parlava anche nel sonno. Si ritrovò così a convivere proprio con colei che, come aveva detto una volta al locandiere, non avrebbe potuto sopportare: una donna dalla lingua lunga. In poche parole, cominciò a rimpiangere un po' della sua quiete. Ancora non era al punto di preferire che la moglie tornasse silenziosa; egli l'amava pur sempre con tutto il cuore, però, di tanto in tanto, un po' di silenzio non gli sarebbe dispiaciuto.

Venne la primavera e le pecore partorirono i loro piccoli. Una mattina, mentre si trovava al pascolo con il suo gregge, il soldato decise di tornare a consultare la vecchina dai poteri magici per chiederle nuovamente consiglio sul da farsi. "Oh povera me!" esclamò la donna, non appena ebbe udito il racconto del giovane. "Lo sospettavo: il kelpie ha voluto vendicarsi di te." "Proprio così" annuì il soldato. "Ecco perché sono tornato qui." "Dimmi, tua moglie ha bevuto al pozzo?" chiese la vecchia. "No, ne sono certo" rispose il giovane. "Nemmeno una goccia." "Allora come ha potuto colpirla?" si chiese la donna. "Dimmi tutto ciò che ha fatto quel giorno." "Ha semplicemente rovistato con le mani sul fondo e, dopo aver ripescato il pettine, se l'è rimesso fra i capelli. Tutto qui." "Senza asciugarlo?" domandò la vecchia con un tono preoccupato. "Sì, non l'ha asciugato" confermò il giovane. "Ho capito" disse la vecchia. "Il kelpie d'acqua è veramente una delle creature più malvagie sulla faccia della terra: non c'è dubbio che abbia fatto un nuovo e malefico incantesimo all'acqua rimasta fra i denti del pettine." La vecchina si sedette a pensare. Pensò e pensò, mentre il soldato C aspettava. "Quello che è troppo è troppo!" esclamò infine. "Daremo al kelpie d'acqua un po' della sua stessa medicina. Riporta tua moglie al pozzo e falla sedere vicino alla sua imboccatura. Devi dirle di rivolgersi al kelpie parlandogli per tutto il santo giorno. Quella creatura infatti è obbligata a rispondere a chiunque gli rivolga la parola; dille di non smettere assolutamente di parlargli. La vedremo, chi dei due si stancherà per primo!" "Non certo mia moglie" fece il soldato, in tono di sfida. "L'aiuterò io a vincere."

Così, marito e moglie tornarono insieme al pozzo. Il ragazzo la fece sedere presso l'imboccatura e, come gli aveva consigliato la vecchia, le ordinò di chiamare il kelpie e di parlargli per tutta la giornata. "Kelpie! Kelpie! Sono qui!" gridò la giovane dopo essersi affacciata alla bocca del pozzo. Al che risuonò una voce dal fondo della voragine. "Sono qui!" rispose la malvagia creatura. "Parleremo insieme per tutta la giornata" gridò la ragazza sporgendosi dalla bocca del pozzo. "Tutta la giornata" acconsentì il kelpie. "Ho così tante cose da dirti!" proseguì la ragazza. "Tante cose da dirti" ribadì il kelpie. I due contendenti rimasero soli. Mentre si allontanava, il soldato fece in tempo a udire la moglie che parlava a una formidabile velocità, una parola dopo l'altra. Il kelpie non era da meno: le rispondeva a tono senza perdere un colpo. Quando il sole era già scomparso dietro la collina e il bosco si ricopriva delle ombre del crepuscolo, l'uomo fece ritorno al pozzo con la speranza nel cuore. Ma la moglie era sempre là, sfinita dalla fatica, che parlava con voce sempre più flebile. E ancor più a stento si riuscivano a distinguere le risposte del kelpie. "Andiamo" le disse il soldato, posandole una mano sulla spalla. Lo sguardo che la donna gli aveva rivolto era così stanco che il marito si impietosì. "Vieni via, ragazza mia" disse, pensando che, silenziosa o chiacchierona, d'ora in poi se la sarebbe tenuta così com'era. La donna si alzò e sorrise al marito, poi trovò la forza per rivolgere un'ultima parola al malvagio kelpie là sotto. "Ti auguro la buona sera, kelpie. È tempo di andare con mio marito, che se ne torna a casa." Per un lungo istante cadde il silenzio, poi dal fondo dell'acqua si udì ruggire una voce cavernosa: "Torna a casa!" Il soldato porse il braccio alla moglie e con lei si inoltrò nel bosco fino alla casa del padre della ragazza. Durante il cammino la giovane pronunciò soltanto due frasi. "Ho una sete terribile" , disse per prima cosa. E come ci credeva, il soldato! Mai più la moglie avrebbe bevuto infatti l'acqua di quel pozzo. "Sono stanca di parlare" disse infine, e tacque. Da quel giorno la ragazza, liberata dall'incantesimo, non parlò più né troppo né troppo poco ma solo quanto bastava. Il marito, che mai aveva smesso di amarla con tutto il cuore, era felice. E poiché la brava vecchina che li aveva aiutati non avrebbe accettato una ricompensa, quando nacque il loro primogenito la coppia pensò di chiederle di fare da madrina al battesimo. E questa fu per lei una ricompensa più preziosa di un sacco pieno d'oro. Quanto alla moglie del soldato, per il resto della sua vita si guardò bene dall'uscire da sola al crepuscolo e, soprattutto, di bere l'acqua di un pozzo stregato.

IL FABBRO E I FOLLETTI

In una casa di pietra accanto alla sua fucina viveva un tempo un fabbro chiamato Alasdair MacEachern, conosciuto da tutti come Alasdair dal Forte Braccio. Sua moglie era morta mettendo al mondo il loro primogenito, così Alasdair abitava da solo con il figlioletto Neil, un ragazzo esile dagli occhi dolci e sognanti. Il padre lo addestrò nella sua fucina e, come apprendista, il giovane prometteva decisamente bene. Fin dal momento della sua nascita i vicini di Neil riconobbero in lui quel genere di mortale che il Piccolo Popolo amava rapire per portarlo con sé nella Terra della Luce, facendolo diventare uno dei loro. Avvertirono dunque il padre di non perderlo mai di vista e di tenerlo con sé fino a che non avesse raggiunto l'età adulta. Alasdair prestò molta attenzione ai consigli dei vicini e, al calar della sera, prese l'abitudine di appendere un ramo di sorbo rosso sulla porta di casa. Il sorbo era infatti un potente amuleto contro i poteri del Piccolo Popolo. Passarono gli anni, e un giorno Alasdair dovette partire per un viaggio. Poiché sapeva che non sarebbe riuscito a tornare in tempo per la notte, disse a Neil: "Non dimenticare, figlio mio, di mettere un ramo di sorbo rosso sopra la porta di casa, quando farà notte; così saremo tranquilli che il Piccolo Popolo non verrà a importunarti per cercare di rapirti e farti diventare uno dei loro." Neil promise che se ne sarebbe ricordato e Alasdair dal Forte Braccio si mise in viaggio. Il giovane attese ai suoi compiti quotidiani, spazzò la casa, munse la capra e sparse le granaglie per il pollame nell'aia. Poi avvolse in un panno sei focaccine d'avena e una fetta di formaggio e si recò nella brughiera, dove amava passare le giornate in compagnia della soffice erica, cullato dal gorgoglio degli innumerevoli ruscelli che scorrevano fra quelle aspre colline. Camminò tutto il giorno fermandosi solo per consumare le sue provviste. Quando tornò a casa era già notte e Neil si sentiva molto stanco. Senza pensare alle raccomandazioni del padre, aprì il suo letto ad armadio nell'angolo della stanza e vi si gettò, esausto. Si addormentò all'istante, senza ricordarsi del ramo di sorbo rosso da appendere sulla porta di casa. Il giorno dopo, tornando a casa, Alasdair trovò la porta aperta, il fuoco spento e il pavimento in disordine; nessuno aveva munto la capra né sfamato il gallo e le galline nell'aia. Chiamò allora il figlio, che gli rispose a mezza voce dal suo letto ad armadio nell'angolo. "Padre, sono a letto malato" disse Neil con un filo di voce. "È meglio che rimanga qui finché sarò guarito." Allarmato da quelle parole, Alasdair si avvicinò al letto e rimase dolorosamente sorpreso nel vedere quanto Neil fosse cambiato dal momento della sua partenza. Benché il padre non si fosse assentato per molto il ragazzo, disteso sotto la coperta, appariva davvero in cattive condizioni. Non solo era magro e sciupato ma la sua pelle era diventata giallastra e rugosa come quella di un vecchio. E Neil era poco più che un bambino. Passarono i giorni e il ragazzo non mostrava alcun segno di miglioramento. Qualcosa cambiò, in effetti: fu colto da un appetito insaziabile, tanto che avrebbe continuato a mangiare tutto il tempo.

Giorno dopo giorno, Alasdair era sempre più preoccupato per la sorte del figlio, così accolse con il cuore gonfio di speranza l'arrivo alla sua casa di un vecchio noto in tutti i dintorni per la sua saggezza. Forse lui, che conosceva molte cose, avrebbe potuto rivelargli di che male soffriva il figlio. Lo salutò dunque con gioia e si mise subito a descrivergli ciò che era accaduto al ragazzo. Il vecchio ascoltò il racconto con attenzione, facendo appena ogni tanto qualche cenno di assenso. Quando Alasdair ebbe finito di parlare gli mostrò il ragazzo, che giaceva ancora a letto. "Quello che mi stai chiedendo è cosa si può fare per guarire il ragazzo" esordì il vecchio dopo che si furono allontanati un po' dalla casa. "Bene, io ti dico che in quel letto non c'è affatto tuo figlio. In tua assenza Neil è stato rapito dal Piccolo Popolo, che ha messo al suo posto il giovane che si trova ora in questa casa." "Povero me, e cosa posso fare adesso?" domandò Alasdair. "Potrò mai rivedere il mio caro figliolo?" "Ascoltami bene" disse il vecchio. "Per prima cosa bisogna essere sicuri che colui che giace nel letto di tuo figlio sia davvero un sostituto. Torna a casa e raccogli quanti più gusci d'uova riuscirai a trovare; quindi sparpagliali ben bene attorno al letto, in modo che la creatura li possa vedere. Riempili d'acqua e trasportali fin davanti al focolare, fingendo che siano molto pesanti; poi sistemali là con grande ostentazione." Alasdair memorizzò le istruzioni del vecchio e, una volta tornato a casa, si mise subito all'opera. Aveva appena cominciato che un riso beffardo si levò dall'angolo della stanza. "Da ottocento anni che sono al mondo, giuro che non ho mai visto in vita mia una cosa del genere!" esclamò con una voce stridula colui che il padre aveva creduto fosse il figlio Neil. Alasdair si precipitò immediatamente dal vecchio a raccontargli l'accaduto. "Questa è la prova che si tratta di un sostituto, messo al posto di tuo figlio dal Piccolo Popolo" disse il vecchio. "Bisogna liberarsi in fretta di lui, poi ti aiuterò a ritrovare il giovane Neil. Svelto, accendi un gran fuoco davanti al letto in cui giace la creatura. Lui ti domanderà: 'A che serve quel fuoco?' Tu rispondigli: 'Lo vedrai fra un istante'. Poi senza perder tempo afferralo e gettalo tra le fiamme. Vedrai che volerà fuori attraverso il buco nel tetto della casa." Alasdair tornò a casa e, ancora una volta, eseguì gli ordini del vecchio. Accese il fuoco davanti al letto ad armadio nell'angolo della stanza e udì la vocina chiedergli: "A che serve quel fuoco?". "Lo vedrai tra un istante" rispose l'uomo seguendo le istruzioni del vecchio. E, afferrata la creatura, la gettò tra le fiamme. Con un urlo spaventoso, il folletto saltellò prima su un paio di gambette gialle, poi volò fuori attraverso il buco nel tetto, e scomparve. "E adesso?" chiese Alasdair al vecchio. "Mi aiuterai a ritrovare mio figlio?" "Vedi quella collina verde e rotonda?" chiese il vecchio indicandogli con la mano un'altura erbosa che si trovava poco distante dalla casa. "Tuo figlio è stato portato laggiù." "Quella è una delle dimore dei folletti" aggiunse l'uomo. "E ora ascolta bene cosa devi fare. Aspetta la prossima notte di luna piena: allora la porta sulla collina si aprirà e potrai entrare a cercare tuo figlio. Porta con te la tua Bibbia, il tuo pugnale e un gallo. Conficca il pugnale all'ingresso della collina, per evitare che la porta si chiuda su di te: i folletti, infatti, non possono toccare acciaio che sia stato forgiato da mani mortali. Una volta entrato nella collina li sentirai cantare, ballare e far festa alla luce di una grande fiamma. Ma tu avanza con passo sicuro. Non aver timore, la tua Bibbia ti proteggerà. Giungerai ben presto in prossimità di un'ampia caverna, e lì vedrai tuo figlio al lavoro in una fucina. Il Piccolo Popolo ti interrogherà e tu dovrai rispondere con fermezza che sei venuto per riprenderti tuo figlio, e che non te ne andrai assolutamente senza di lui." Il vecchio finì di parlare e il fabbro lo accompagnò per un tratto, ricoprendolo di benedizioni e ringraziamenti per ciò che aveva fatto per lui. Ad Alasdair non mancavano né la forza né il coraggio, dunque attese con impazienza il momento di partire per andare a ritrovare suo figlio. La luna nuova non tardò a venire e, quando fu ancora una volta piena e alta nel cielo, il fabbro partì alla volta della verde collina. Come gli aveva consigliato il vecchio, al petto stringeva la Bibbia e nel fodero teneva il pugnale da lui stesso forgiato; il gallo era immerso in un sonno profondo sotto il suo braccio sinistro. Avvicinatosi alla collina, gli parve di udire i folletti cantare e far festa. A un tratto il suono si fece più intenso e, poco dopo, il fianco della collina si aprì lasciando fuoriuscire un accecante bagliore. Lesto Alasdair sguainò il pugnale e lo conficcò con un colpo secco nella soglia del regno dei folletti. Quindi avanzò verso la luce, tenendo saldamente la Bibbia stretta al petto e il gallo addormentato sotto il braccio sinistro. E dopo essersi fatto strada a spallate fra i folletti scatenati nella danza, Alasdair vide Neil, suo figlio, pallido e con gli occhi sbarrati, che lavorava in una fucina attorniato da un gruppo di verdi folletti. Non appena i rappresentanti del Piccolo Popolo si accorsero della presenza di Alasdair si affollarono intorno all'intruso per scoprire chi mai fosse quel mortale che aveva osato sfidarli varcando la soglia della loro dimora. Grazie al potere della Bibbia che teneva stretta a sé, tuttavia, nessuna di quelle creature avrebbe potuto fargli del male o gettare su di lui qualche incantesimo. Così il fabbro si rivolse al figlio, alzando

bene la voce in modo che tutti lo potessero udire: "Sono
venuto a riprendere mio figlio; liberatelo dall'incantesimo
e lasciatelo tornare dalla sua gente e alla sua terra, da cui
lo avete rapito." Neil dapprima trasalì, nell'udire la voce
del padre, poi fece un passo in avanti e protese le braccia
verso di lui. Il suo sguardo era finalmente tornato
normale. Un gruppo di folletti però esplose in una
spaventosa risata di scherno. Ma in quel momento – tanto
veloce è lo scorrere del tempo nella terra dei folletti agli
occhi di un mortale – il cielo si tinse di luci rosate che
annunciavano l'alba e, simultaneamente, il gallo che
Alasdair teneva sotto braccio si riscosse dal sonno. Alzò il
collo mostrando la rossa cresta dritta sulla testa e salutò
l'apparire del giorno con un sonoro chicchirichì. I folletti,
bisogna sapere, non possono andarsene in giro con la luce
del giorno. Quel suono improvviso era per loro il segnale
che la festa era finita e dovevano ritirarsi nel loro reame.
Nessuno di loro rise più, anzi, lo scherno si mutò in
costernazione. In tutta fretta trascinarono il fabbro e suo
figlio verso l'apertura sul fianco della collina, in modo

che quel mortale potesse riprendersi il pugnale e permettere loro di richiudere l'ingresso del regno sotterraneo, celandolo agli occhi degli uomini. Alasdair raccolse il pugnale; quando la collina stava per richiudersi dietro di loro, si udì una voce pronunciare queste parole: "Possa tuo figlio perdere la parola fino al giorno in cui romperà l'incantesimo che ora getto su di lui! Questa è la maledizione che lo colpirà!" Alasdair e Neil si ritrovarono insieme sul familiare pendio nell'aria tersa del mattino. Non un segno nel terreno erboso indicava la presenza di una porta o un'apertura verso il Mondo della Luce. Padre e figlio fecero ritorno alla loro casa e da quel giorno ripresero le loro occupazioni, Alasdair a far soffiare i mantici nella fucina e Neil ad aiutarlo, imparando i segreti del mestiere. Ma una cupa tristezza incombeva sui due, dal momento che Neil non poteva più parlare in seguito alla maledizione scagliata su di lui dai folletti. Ebbene sì, quel terribile incantesimo si era avverato, e dal giorno in cui era stato liberato dal Piccolo Popolo le labbra del figlio del fabbro erano rimaste serrate. Piano piano, Neil si rassegnò a convivere con il suo mutismo per il resto della sua vita. Trascorsi un anno e un giorno da questi avvenimenti, Alasdair si mise al lavoro per forgiare una nuova spada per il capo del suo clan. Gli era stata commissionata una possente spada di quelle chiamate claymore, da impugnare a due mani. Neil lavorò di buona lena per tenere l'acciaio sulla fiamma fino al calor rosso per far sì che la lama a doppio taglio fosse ben affilata e temprata. E per tutto il tempo rimase in silenzio. Quando venne il turno del padre, e Alasdair iniziò a lavorare alla spada, Neil improvvisamente fu attraversato dal ricordo del suo breve soggiorno nel regno dei folletti. Rammentò allora la fucina del Piccolo Popolo, con le scintille luccicanti che sprizzavano nell'aria. Ma i loro fabbri non usavano solo il fuoco e il martello; tempravano con speciali incantesimi le lame delle loro spade fatate, forgiando armi magiche e invincibili. Così Alasdair si fece da parte e osservò il figlio portare a termine la lavorazione della spada per il capo clan. In breve prese forma un'arma forgiata alla maniera dei fabbri folletti. Al termine del lavoro Neil guardò il padre, con aria trionfante. "Questa è una spada che non tradirà mai chiunque la impugni!" esclamò. Erano le prime parole che pronunciava dopo un anno e un giorno di silenzio. Ecco cos'era accaduto: creando una spada magica con le sue mani, Neil aveva spezzato la maledizione del silenzio che gravava sul suo capo. Quella lama aveva rotto finalmente l'incantesimo. Da quel giorno il ragazzo dimenticò per sempre la Terra della Luce e, quando successe al padre, dopo qualche tempo, diventò il migliore fabbro di tutto il clan. Grazie alla preziosa spada magica, chiamata Claidheamh Ceann-Ileach, che rendeva invincibile chiunque la impugnasse, il capo conseguì grandi vittorie, portando molto onore all'intero clan.

A TIR-NAN-OG

A odh figlio di Aodh, un pescatore dell'isola di Oronsay, si trovava un giorno nella sua piccola imbarcazione, sospinta pigramente dalla marea nelle acque della baia. Passava la maggior parte del tempo sdraiato in coperta senza far nulla; di tanto in tanto cercava di pescare uno di quei pesci che si nascondevano nei fondali sabbiosi. La bella stagione volgeva al termine e già si sentiva nell'aria l'incedere dell'autunno, che presto avrebbe imbiancato le alghe e dipinto di oro e ruggine la brughiera e le dolci colline. La baia dalla sabbia dorata dove le anatre venivano a passare l'inverno: quello era il posto preferito da Aodh, insieme a quel grappolo di isole dalle strette insenature, rifugio di grandi banchi di pesci dal ventre argenteo. L'imbarcazione scivolò lentamente verso le secche, poi le correnti la trascinarono verso il mare aperto, nelle acque azzurre dove giocavano le foche. Per evitare che la barca si scontrasse con venti troppo forti Aodh decise di virare, ma non appena ebbe messo mano ai remi si accorse di aver commesso un'imprudenza, perché una raffica di vento lo sospinse irrimediabilmente verso il largo, in balia delle correnti. Quando scese la notte, nuvole minacciose si abbassarono sul mare e un vento impetuoso sferzò la piccola imbarcazione, facendola sussultare paurosamente. Le colline dell'isola erano ormai sparite dall'orizzonte: nessuno aveva veduto la barca di Aodh allontanarsi dalla riva e svanire oltre l'estrema lingua di terra. Enormi ondate si abbattevano sul fragile scafo e, quando sembrava ormai che la barca dovesse soccombere alla tempesta, uno stormo di beccacce di mare si alzò in volo circondando l'imbarcazione. E dove esse volavano, il mare si calmava e il vento non aveva alcun potere sulle onde. Gli uccelli accompagnarono la barca fino all'alba, quando un'isola verde apparve all'orizzonte. Le beccacce si precipitarono verso la terraferma, mentre Aodh riuscì a governare l'imbarcazione fino alle acque calme delle sue insenature, dove non vi erano onde né correnti. Il giovane approdò su una spiaggia di sabbia finissima, tirò la barca in secca e si fermò a riposare. In quel luogo regnava una calma immobile, quasi spettrale. Aodh temette di aver superato i confini del mondo e allora, come aveva appreso dai vecchi pescatori della sua terra, affondò il suo coltello in una piccola collina che si trovava nei pressi. Così, gli avevano insegnato, si possono tenere a bada le forze del male. Si udì a un tratto una voce melodiosa che proveniva da una fanciulla seduta su una roccia. In vita sua, Aodh non aveva mai veduto un viso così bello e dolce, contornato da una selva di capelli d'oro che ricadevano sulle candide spalle. La fanciulla lo chiamò, e Aodh se ne innamorò perdutamente. Passarono gli anni e il suo amore per la fanciulla cresceva di giorno in giorno. Aodh si sentiva felice come non lo era mai stato. Quel luogo emanava davvero una pace infinita, con il sole che splendeva sempre alto nel cielo e nessuna ombra che giungesse a oscurare la sua serenità. Un giorno, però, Aodh cominciò a sognare la sua terra natale, l'isola di

Oronsay. Invano cercò di scacciare quel pensiero. Ogni volta esso si riaffacciava alla sua mente con maggior insistenza finché, un giorno, egli tornò alla spiaggia dove aveva affidato la sua piccola barca alla dolce carezza delle maree, deciso a ripartire per la terra che aveva quasi dimenticato. "Il tuo desiderio non si può avverare" gli disse la fanciulla, avendole Aodh rivelato i suoi propositi. "Sette anni hai vissuto a Tir-nan-og, la Terra dell'Eterna Giovinezza dalla quale non vi è ritorno." "La mia barca è ancora in ottimo stato e può riprendere il mare" le rispose il giovane. "Oh, mio amore. Non potrà condurti lontano dalla riva. Dovrà ritornare, o sarà trascinata negli abissi." Aodh comprese d'un tratto che quell'isola di eterna giovinezza, immersa nella pace e nel silenzio, altro non era che una prigione, una prigione che li estraniava dal mondo. Ma non rivelò alla fanciulla del pugnale conficcato nella collina, che gli avrebbe permesso di riacquistare la libertà e far ritorno alla sua amata isola. La mattina dopo si recò alla spiaggia, deciso a mettere in mare la barca. "Vieni con me fino a quella punta laggiù" disse alla bella fanciulla. "Giusto fin là, e non oltre, tu e io possiamo arrivare", gli rispose quella entrando nella piccola imbarcazione. Quando però ebbero raggiunto il promontorio, Aodh virò verso il mare aperto, cavalcando saldamente le onde che spingevano la barca verso est. Intanto la fanciulla, seduta a poppa, si mise a singhiozzare. Aodh cercò di consolarla e, con sua grande sorpresa, notò che a ogni lacrima che sgorgava dai suoi occhi sembrava perdere un po' della sua bellezza. La navigazione sul mare in tempesta durò tre giorni e tre notti. All'alba del quarto giorno apparve finalmente all'orizzonte il profilo dell'isola di Oronsay. Aodh guidò la barca nelle acque sicure della familiare baia e, impaziente, fece per scendere a terra. "Vieni, mia amata" gridò alla fanciulla. "Ti porterò alla mia casa sulla collina, dove nessun malvagio incantesimo potrà colpirci." Ma la fanciulla non rispose. Si riparò fra le rocce, avvolgendosi nel suo scialle, e volse il viso verso il cielo, là dove i gabbiani volavano in cerchio; e, poi, appena sopra di lei, dove le beccacce di mare frugavano con il becco fra gli scogli. Aodh la chiamò per l'ultima volta, quindi le si avvicinò per scostarle lo scialle, mentre la prendeva tra le sue braccia. Ma non appena il suo sguardo si posò sul volto della ragazza Aodh rabbrividì: la sua amata aveva perso le fattezze di una giovane e bella fanciulla per trasformarsi in una vecchia raggrinzita e deforme. "Oh Aodh, figlio di Aodh" pianse la donna. "Solo tornando alla verde isola dell'Eterna Giovinezza potrò ritrovare la mia gioventù e conservarla per sempre!" Comprendendo la potenza delle antiche leggende, Aodh si sentì perduto. Coloro che facevano ritorno dall'isola incantata perdevano non solo la gioventù e la bellezza, ma anche la felicità. Così Aodh prese per mano la sua amata e risalì con lei sulla barca per ritrovare la Terra della Felicità Perduta. I pescatori di quelle isole raccontano che, di tanto in tanto, un piccolo battello solca ancora l'orizzonte alla ricerca di Tir-nan-og, la Terra dell'Eterna Giovinezza. Ma, come viene avvistata, sale un vento impetuoso e l'isola sparisce misteriosamente. I marinai allora si affrettano ad ammainare le vele, perché in quell'apparizione hanno imparato a riconoscere il segnale di una tempesta imminente.

LA STREGA DI MAR

Non lontano dal castello di Abergeldie sorgeva un tempo l'angusto tugurio di Caitir Fhranagach, una donnina dalle spalle curve, così vecchia che nessuno ne conosceva l'età. I suoi poteri erano noti a tutti nel vicinato. Con le sue stregonerie era in grado di scatenare improvvise tempeste, così come di far straripare i torrenti di fango giallastro, perfino quando non cadeva nemmeno una goccia di pioggia. Ogni volta che una vacca si ammalava e moriva, Caitir Fhranagach ci aveva messo lo zampino. La gente si teneva alla larga dalla sua casupola e, per non incorrere in qualche malefizio, evitava perfino di attraversare la strada, se lei si trovava nei paraggi. I bambini scappavano, alla vista della sua sagoma curva e ossuta. Dopo aver tanto vissuto isolata dal mondo, Caitir aveva imparato a non aspettarsi gentilezza né conforto da alcuno, e meno che mai dal Signore di

Abergeldie o dalla sua bella dama. Fu con sua grande sorpresa, dunque, che un giorno la moglie del signore di quelle terre varcò la soglia di casa sua, entrando in cucina. "Che cosa può mai volere la moglie di Abergeldie da Caitir Fhranagach?" chiese la vecchia, senza alzare lo sguardo dal tessuto che stava filando, vicino al focolare. "Sono qui per chiederti aiuto" rispose la dama. "Se mi farai guardare nel futuro, cailleach, verserò nel tuo grembo l'oro che ho portato con me in questa borsa." "E cosa vorresti vedere?" gracchiò Caitir con una voce più rauca di quella d'un corvo. Il grosso gatto giallo che era accoccolato sulle sue ginocchia fece uno sbadiglio. "Mio marito. È lui che voglio vedere. Pare che si sia stancato di me e che mi abbia sostituito con un'altra. Dimmi se è vero quello che si sente in giro e fammi vedere la donna che sta per arrivare dalla Francia ad Abergeldie insieme a lui, e che è destinata a usurpare il mio posto al suo fianco." La donna fece tintinnare l'oro nella borsa, e la strega annuì. Si trascinò fino al focolare, riattizzò il fuoco e mise a bollire un pentolone d'acqua, dentro al quale fece cadere della cenere, gli steli di alcune piante e una polvere bianca che aveva ricavato dalla pelle dei rospi. Dopo qualche tempo il vapore cominciò a salire su per il camino e Caitir, avvicinatasi con lo sgabello alle fiamme, prese a mormorare misteriose formule mentre si dondolava lentamente avanti e indietro. Il vapore che fuoriusciva dal pentolone avvolse la cucina di un velo azzurrognolo. Nell'aria densa si potevano osservare strane forme comparire e dissolversi; poi dalle sue profondità prese corpo la forma di una nave. Un gruppo di uomini si muoveva sul ponte, rischiarato dal sole che faceva risplendere le ampie vele, mentre un po' in disparte stavano un uomo di notevole statura e una dama dall'abito color cremisi. Alla vista di quella scena la moglie di Abergeldie, presa da una furia improvvisa, si mise a gridare: "Ah, ora è tutto chiaro! La tua mistura mi ha rivelato la malvagità di Gordon!" "Come vorrei" proseguì la donna, "che tu potessi oscurare il sole e scatenare una tempesta su quella nave maledetta! Un marito così falso non merita che di annegare!" La dama aprì la borsa e le

99

monete rotolarono sul pavimento. "Dimmi che lo puoi
fare!" supplicò rivolta alla strega. "Ti prometto che
riempirò di nuovo questa borsa con una quantità d'oro
doppia." "Conducimi alla rocca di Abergeldie, mia
signora" rispose la vecchia. "Per esaudire i tuoi desideri
preparerò un incantesimo." La moglie di Abergeldie e
Caitir Fhranagach si incamminarono insieme verso il
castello. Giunti a destinazione, la strega si arrampicò
affannosamente su una stretta scala a spirale che portava a
una soffitta deserta, da tutti dimenticata, sulla cima della
torre più alta. "Portatemi un bacile pieno d'acqua" ordinò
Caitir. Un servitore portò il bacile e lo depose ai piedi
della strega. "Portatemi anche un cuach d'argento" chiese
la vecchia. Il cuach è una coppa a forma di scodella, poco
profonda e con due manici. Caitir attese che l'acqua nel
bacile fosse perfettamente immobile, quindi prese il cuach
e lo posò al suo centro. Infine si alzò e chiese alla dama di
sedersi al suo posto, mentre lei ridiscendeva le scale,
senza mai smettere di osservare il cuach. Raggiunta la
base della rocca, la strega andò a raggomitolarsi in un

antro nelle segrete del castello, dove cominciò a declamare strane litanie in un crescendo di rauchi strepiti. Il servitore, che era rimasto in ascolto, cominciò a tremare di paura, mentre la moglie di Abergeldie non si mosse dalla soffitta, continuando a osservare il bacile, come le era stato ordinato. A un tratto l'acqua nel recipiente cominciò a muoversi, producendo delle piccole increspature che, a poco a poco, si tramutarono in vere e proprie onde, capaci di far sobbalzare il cuach. Come nel mezzo di una vera tempesta, l'acqua cominciò a frangersi e ribollire, rovesciandosi fuori dal bacile, mentre la coppa d'argento veniva sollevata e fatta girare vorticosamente. Quando sembrava che il recipiente stesse per traboccare, si levò una grande onda che trascinò sott'acqua il cuach, facendolo affondare. "Il tuo desiderio è stato esaudito, mia signora" disse la strega alla dama, quando più tardi si incontrarono nel cortile del castello. "Tuo marito non tornerà più." Passarono i giorni, e la moglie di Abergeldie era sempre più turbata. Il pensiero del sortilegio compiuto dalla strega la tormentava notte e giorno e provocò un grande cambiamento nel suo cuore. Cominciò a pregare intensamente per la salvezza del marito, perché tornasse sano e salvo. In capo a una settimana, tuttavia, Abergeldie non era ancora tornato e, di lì a poco, un messaggero portò la notizia che la nave era naufragata durante una tempesta e che nessuno si era salvato. Il dolore fu insopportabile per la moglie di Abergeldie, che spedì immediatamente le sue guardie al tugurio della strega per metterla a morte. Ma quando gli uomini ebbero sfondato la porta della casupola, la vecchia non c'era più. Al suo posto videro un gatto nero come la notte e tanto magro che gli si potevano contare le costole. Era seduto vicino al grosso gatto giallo della strega e, non appena la porta si aprì, ne approfittò per fuggire nel bosco. Fu appiccato un gran fuoco e, ben presto, della casupola di paglia non rimase che cenere. Mentre però le travi scoppiettavano tra le fiamme, le guardie di Abergeldie udirono Caitir Fhranagach che si faceva beffe di loro, schernendoli dai recessi del bosco nascosta sotto le sembianze di un gatto. La vecchia strega li aveva ingannati un'altra volta.

MORAG E IL CAVALLO D'ACQUA

Seguendo una tradizione che si perde nella notte dei tempi, all'inizio di ogni estate, quando il verde delle felci diventa più intenso, i pastori delle Highlands portano il loro bestiame sui pascoli delle colline. Sui pendii dell'alpe riaprono i rifugi estivi, che nella loro lingua vengono detti shielings, e in quei semplici ricoveri trascorrono i mesi della bella stagione fino al momento di fare ritorno alle fattorie nel fondo valle. Ai tempi della nostra storia, un pastore di nome Donald MacGregor viveva nel suo capanno estivo costruito su un solitario declivio affacciato su un lago. Il piccolo capanno bianco si stagliava nitido in mezzo all'erica, e la vegetazione rigogliosa delle alture circostanti costituiva un ottimo foraggio per il bestiame. Molti dei suoi compaesani, però, non condividevano affatto la scelta del luogo dove Donald MacGregor aveva costruito il suo capanno, e lo accusavano di una grave imprudenza. Nessuno di loro, dall'ora del crepuscolo in poi, avrebbe osato percorrere il sentiero che conduceva al suo shieling: a tutti era noto che nelle profonde acque del grande lago si nascondeva un mostro orribile che cercava le sue prede proprio lungo i crinali di quelle colline. L'essere orrendo che viveva nelle acque del lago era un Cavallo d'Acqua che gli abitanti delle Highlands conoscevano con il nome gaelico di Each-Uisge. Nessuno avrebbe potuto tuttavia descrivere l'aspetto del mostro. Coloro che avevano avuto l'ardire di osservare l'orribile creatura durante una sua fugace apparizione, non erano riusciti a vivere il poco tempo necessario a raccontare ciò che avevano visto. Ciò che si sapeva era che il mostro usciva dalle tenebrose acque del lago per risalire i pendii delle colline. Nel suo vagabondare, grazie ai suoi malefici poteri l'Each-Uisge era in grado di assumere le sembianze di qualsiasi creatura, come una vecchia grinzosa o una cornacchia dalle lucide penne nere, oppure una volpe rossiccia dagli occhi astuti. Giunto nei pressi della vittima

105

riacquistava il suo orrido aspetto e balzava addosso alla preda, divorandola con la massima crudeltà. Spaventevoli dicerie erano diffuse tra i pastori: si raccontava che il mostro fosse tutto nero e di dimensioni gigantesche, con due demoniache corna che spuntavano taglienti dalla testa deforme; e che, quando galoppava sulle colline tra le distese di erica, fosse capace di superare in velocità il vento stesso. Donald MacGregor ben conosceva quei racconti e, quel che è peggio, sapeva pure che ogni estate l'EachUisge sembrava reclamare nuove vittime innocenti. I compaesani tentarono dunque di convincerlo, poiché mantenere il capanno così vicino al lago era molto pericoloso, a spostare il suo rifugio dall'altra parte del torrente che scorreva a poca distanza. Era infatti noto che un EachUisge non può attraversare un corso d'acqua dolce e che, quindi, tutta la parte delle colline oltre il torrente si poteva considerare sicura. Donald non si fece convincere, obiettando che la sua mandria trovava il foraggio migliore proprio sui pendii sovrastanti il lago; per quanto riguardava l'esistenza dell'Each-Uisge, proclamò il suo scetticismo sostenendo che ci avrebbe creduto solo quando l'avesse visto di persona. Anche sulle disgraziate vittime del mostro aveva una sua teoria: si trattava di persone che, ospiti di vicini, avevano forse abusato dell'ospitalità e, tornando sbronze a casa, si erano perdute nella notte precipitando in una forra o in un burrone. U Gli avvenimenti che seguirono lo obbligarono purtroppo a rimangiarsi le parole scherzose o addirittura beffarde con cui aveva respinto gli avvertimenti che i pastori gli avevano rivolto. Donald aveva una giovane figlia di nome Morag, che amava moltissimo. Tutti gli anni Morag accompagnava il padre nella dimora estiva e trascorreva le giornate, dal mattino fino al tramonto, sulla soglia della casupola lavorando all'arcolaio. Quando il sole iniziava a calare dietro la collina e le ombre si infittivano lungo il pendio digradante sul lago, la ragazza scendeva, tra le ombre sfumate dell'erica, per radunare il bestiame. Camminando scalza nell'erba, per farsi coraggio Morag pensava a quello che il padre le aveva sempre raccomandato: non temere nulla, che non ci sono ragioni per avere paura! Ciononostante la giovane non poteva evitare un brivido d'ansietà quando, raggiunta la riva, occhieggiava tra le ombre fuggenti che le piante di sorbo rosso disegnavano sugli argini del lago. Ma i timori cessavano presto. Morag era sempre ritornata al capanno senza che niente le fosse accaduto. Allo spuntar del giorno, la luce del sole spazzava via le residue fantasie notturne e la ragazza riprendeva il suo lavoro all'arcolaio facendosi compagnia con gioiose canzoni.

Una nitida e luminosa mattinata, mentre stava facendo girare la spola cantando spensieratamente, una sagoma scura si interpose tra lei e la luce del sole procurandole uno spavento che le strozzò la voce in gola. Morag sollevò lo sguardo e vide di fronte a sé un giovane, che con voce suadente cercò di tranquillizzarla: "Scusami, non volevo spaventarti!" disse. Il giovane era alto e di bell'aspetto; le larghe spalle davano un'impressione di forza. Eppure c'era in lui qualcosa di strano. Forse per via dell'acqua che sgocciolava abbondantemente dai suoi capelli e dai suoi vestiti neri. "Come mai sei così bagnato quando in cielo non c'è neppure una nuvola?" gli chiese Morag. "Sono scivolato in un fosso mentre camminavo sulla cresta della collina" rispose con prontezza il giovane. "Ma il calore del sole mi asciugherà presto." Mentre Morag riprendeva il suo lavoro all'arcolaio, il giovane si sedette accanto a lei, all'ingresso del capanno, cercando di avviare la conversazione con parole gentili. La ragazza, però, non si sentiva tranquilla e, pur ostentando una calma imperturbabile, era combattuta tra due pensieri: da un lato era affascinata dai modi seducenti del giovane, ma c'era qualcosa, in quella presenza, che la respingeva. I tiepidi raggi del primo sole, intanto, erano arrivati a illuminare la soglia di casa. Il giovane piegò il capo verso la lama di luce passandosi una mano tra i capelli bagnati e scomposti. Morag, tenendo fede al suo animo gentile, gli disse: "Appoggia la testa sul mio grembo e lascia che metta ordine tra i tuoi capelli." E prese delicatamente a pettinargli i lucidi riccioli neri. Aveva appena iniziato che la sua mano si arrestò a mezz'aria, impietrita dal terrore: i denti del pettine si

109

erano riempiti di granelli di sabbia e di minuscoli frammenti di alghe. Morag conosceva bene quella sabbia e quelle alghe perché spesso le aveva viste tra le maglie delle reti che suo padre usava per la pesca nel lago ai piedi della collina. Si trattava senz'altro delle liobhagach an locha, le alghe del lago; le riconosceva nei filamenti attorcigliati tra i capelli dell'uomo… ma chi era davvero quella minacciosa creatura? Morag finalmente comprese: non si trattava affatto di un uomo ma dell'Each-Uisge in persona che, uscito dal suo regno oscuro nelle profondità del lago, si era trasformato in un giovane di bell'aspetto per trascinarla, con lusinghe ingannevoli, a una fine orrenda. Gli sguardi della ragazza e del mostro in sembianze umane si incrociarono per un istante: negli occhi della fanciulla era visibile il terrore. Con uno scarto improvviso, Morag allontanò da sé la testa del giovane e, rovesciando a terra scanno e arcolaio, si precipitò lungo la discesa della collina, sospinta da una folle paura. Un'ombra torbida e cupa dapprima offuscò e poi spense completamente la luce del sole, distendendosi alle sue spalle. Ma Morag fu più veloce e fortunata di altri sventurati innocenti che l'Each-Uisge aveva scelto come vittime: prima che l'orrida ombra del mostro riuscisse a sfiorarla raggiunse il torrente che scorreva lungo il pendio della collina e lo attraversò con un gran balzo. Come fu sulla sponda opposta, finalmente al sicuro, le forze le vennero meno. Dopo quella tragedia mancata, nessun essere umano osò mai più oltrepassare il sentiero che conduceva alla bianca casupola sopra il lago. Lo stesso Donald MacGregor, sconvolto per il rischio corso dalla sua amatissima figlia, sconfessò pubblicamente tutte le scettiche affermazioni a proposito dell'Each-Uisge. E ancora oggi, chi si avventura su quelle colline può scorgere, affioranti tra le felci, le rovine del rifugio di Donald e Morag.

IL SUONATORE DI CORNAMUSA DI KEIL

Una tenebrosa grotta si apre, minacciosa, tra le frastagliate scogliere della costa del Kintyre. Si racconta che, molto tempo fa, questa grotta fosse abitata da fate e folletti. Subito oltre il suo nero ingresso una ragnatela di strettissime gallerie si diramava fin dentro le profondità della terra, raggiungendo la grande sala di ritrovo del Piccolo Popolo. Migliaia di ceri fatati illuminavano l'antro, mentre invisibili suonatori diffondevano magiche melodie. Qui i folletti si ritrovavano per far festa e danzare attorno alla loro Regina e sempre qui venivano pronunciate le sentenze contro i mortali scoperti a penetrare nei loro territori. Quasi nessuno però era tanto audace o incosciente da spingersi oltre il tenebroso ingresso della grotta. Gli abitanti della costa erano ben consapevoli dei pericoli e degli incantesimi a cui ogni mortale andava incontro se avesse osato profanare quei territori. E qui inizia la nostra storia. A Keil viveva un giovane di nome Alasdair, un bravissimo suonatore di cornamusa la cui abilità era nota in tutto il Kintyre. Al termine di una faticosa giornata di lavoro, i suoi compaesani si riunivano per far festa nelle calde stanze che rosseggiavano per le fiamme dei bracieri di torba. E Alasdair li accompagnava eseguendo antiche arie, quelle conosciute già dai loro antenati: al ritmo di un reel riusciva a far danzare tutti i presenti e a rallegrare gli spiriti, riscaldati da frequenti giri di spumeggianti boccali di birra. Accanto ad Alasdair non mancava mai il suo piccolo terrier: cane e padrone erano inseparabili come una mamma e il suo piccino! Una di quelle sere, proprio mentre danze e allegria erano al culmine, Alasdair interruppe la musica e, reso audace dalle molte sorsate di birra, si rivolse così ai compagni festanti: "Ora vi suonerò un'aria così dolce e sconvolgente da risultare ancora più bella di quelle eseguite dai menestrelli del Piccolo Popolo, laggiù nella grotta della scogliera." Quindi

113

sollevò la cornamusa per riprendere a suonare. Gli amici della compagnia lo guardarono sbalorditi per la sua temeraria affermazione. A tutti era ben noto come i folletti fossero gelosi e diventassero aggressivi verso quei mortali che avessero cercato di misurarsi con loro. Alasdair non riuscì comunque a trarre più di un paio di note dalla sua cornamusa perché Iain MacGraw, un fattore del luogo, lo interruppe, rivolgendosi a tutti i presenti: "Ascoltami Alasdair: sarebbe più prudente se ritirassi ciò che hai appena affermato. Tu sei certamente il più abile suonatore di cornamusa del Kintyre ma sappiamo anche che gli abitanti della grotta misteriosa sono capaci di emettere melodie tanto struggenti da allontanare un bimbo dalla sua mamma o un uomo dalla donna che ama." Sorridendo, ma con fermezza e presunzione, il suonatore di cornamusa gli rispose: "Ho ascoltato il tuo pensiero, Iain MacGraw, e non posso far finta di niente. Ma scommetto con te che questa notte stessa riuscirò a introdurmi nella grotta sulla scogliera e poi a uscirne senza subire alcun danno: nessun folletto potrà ostacolare il mio cammino con una melodia più soave o più gaia di questa!" I presenti rimasero ammutoliti nell'udire l'avventato proposito del suonatore, ma Alasdair, incurante dello sconcerto che aveva creato, riprese in braccio la cornamusa e le note incantatrici della "Melodia senza nome" si diffusero nelle stanze. Nessuno dei presenti aveva mai udito un'aria più soave o più gaia di quella! La notizia della sfida di Alasdair arrivò in un battibaleno alle orecchie del Piccolo Popolo, che si trovava riunito nella sala centrale della grotta. Un grande sdegno e risentimento verso l'imprudente suonatore di cornamusa di Keil serpeggiavano nelle menti e nei cuori degli abitanti del mondo sotterraneo. Il popolo delle caverne si preparò a vendicare l'offesa: i menestrelli fatati mutarono la loro musica in una melodia minacciosa, le migliaia di magici ceri sprigionarono bagliori funesti e la stessa Regina degli Elfi preparò un potente incantesimo il cui effetto fosse fatale per l'incauto suonatore di cornamusa, se questi si fosse davvero arrischiato a entrare nel suo regno. Alasdair, intanto, si allontanò dal luogo di ritrovo per dirigersi verso la scogliera, continuando a suonare la "Melodia senza nome" in compagnia del piccolo terrier. Il cane, lui sì, forse aveva avuto un cattivo presentimento visto che gli si erano drizzati i peli e un ringhio feroce gli era uscito dalla gola. Ma, affezionato com'era al suo padrone, continuò a marciargli accanto fino all'ingresso della buia caverna. Arrivati che furono, i compaesani di Alasdair si scostarono di lato e rimasero a osservare. Senza alcuna esitazione, con il kilt che ondeggiava al ritmo dei suoi passi e il berretto fieramente calcato sulla testa, il suonatore di cornamusa si avviò nell'oscurità della caverna, insieme al cagnolino che gli trotterellava accanto. I presenti cercarono di aguzzare la vista per penetrare l'oscurità della grotta e vedere, fin dove possibile, Alasdair che si allontanava. Ma riuscirono solo a udire il limpido suono della cornamusa che svaniva nel buio. Numerosi furono coloro che, scuotendo il capo, dissero: "Non ci voglio pensare ma ho paura che non rivedremo più il nostro bravo suonatore di cornamusa!" Passarono solo pochi minuti e il gioioso suono della cornamusa di colpo si trasformò in uno sgraziato stridore.

Una soprannaturale risata, come un'eco rifratta dalle profondità della terra, si fece strada attraverso cunicoli e anfratti per giungere fino alle loro orecchie, all'ingresso della grotta. Poi, il silenzio. I vicini di Alasdair non avevano più il coraggio di muoversi. Bloccati dal terrore, come statue di ghiaccio, videro uscire dall'imboccatura della caverna un cagnolino stravolto dalla paura, che zoppicava e si lamentava senza sosta. Ben difficile era riconoscere, in quel corpo completamente privo di peli, il piccolo terrier di Alasdair che correva fuori dalla grotta come inseguito dai verdi, feroci segugi del Piccolo Popolo. Ma di Alasdair, nessuna traccia. Alcuni compaesani attesero fino al mattino inoltrato, quando il sole aveva già fugato i rosati chiarori dell'alba marina. Vanamente si protendevano sull'ingresso della grotta, chiamandolo con le mani ai lati della bocca nel tentativo di dar più forza alle loro grida: il suonatore di cornamusa di Keil non fu mai più visto. Non un uomo, in tutto il Kintyre, avrebbe avuto il coraggio di oltrepassare il buio impenetrabile che si stendeva oltre la nera fenditura sulla scogliera, per avventurarsi in una vana ricerca. Tutti avevano udito quella risata disumana che ancora adesso provocava brividi di terrore lungo la schiena! Qualcuno potrebbe pensare che la vicenda del suonatore di cornamusa di Keil si chiuda qui. Invece, ha un seguito. Parecchio tempo dopo i fatti che abbiamo raccontato, una notte il fattore Iain McGraw e sua moglie sedevano accanto al focolare della loro casa, che distava svariate miglia dalla costa. A un certo punto alla donna parve di udire un suono misterioso e accostò l'orecchio al piano di pietra del camino. "Ascolta, marito mio, non senti anche tu il suono di una cornamusa?" chiese al suo uomo. Il fattore poggiò l'orecchio sulla pietra e, pochi minuti dopo, sollevò il capo indirizzando alla moglie uno sguardo stupefatto. La dolce musica che entrambi avevano udito non era altro che la "Melodia senza nome" e, senza dubbio alcuno, il suonatore era Alasdair in persona che scontava la pena inflittagli dal Piccolo Popolo: vagare per l'eternità nel dedalo dei cunicoli che occupavano un'immensa superficie sotto la terra. La coppia, intanto, era rimasta in ascolto. La melodia tacque improvvisa e fu sostituita dalla voce del suonatore che innalzava il suo lamento: "Io credo, io temo che mai potrò vincere. Ochone! per la mia pena infinita." Ancora oggi si racconta che, nel luogo dove sorgeva la fattoria di Iain McGraw, qualcuno abbia udito provenire dalle viscere della terra il malinconico suono della cornamusa e che, come ogni volta, un disperato lamento abbia interrotto la dolce melodia.

LA DONNA CHE RIUSCÌ AMETTERE NEL SACCO I FOLLETTI

C'era una volta una fornaia così provetta che tutto ciò che usciva dal suo forno era addirittura irresistibile. Sfornava focacce d'avena di una delicatezza tale da sembrare tortine di grano, e le sue tortine di grano erano talmente soffici e gustose da competere con i migliori pasticcini; forse neppure gli dei avevano mai gustato pasticcini sublimi quanto i suoi. La sua fama era nota e indiscussa non solo nel paese in cui viveva, ma anche nelle sette contee vicine: chiunque nel giro di molte miglia desse una festa, celebrasse un matrimonio o un battesimo non mancava di commissionarle qualche prelibatezza, e anche le famiglie più altolocate della regione si rivolgevano a lei. La donna non era solo dotata ma anche onesta e di buon cuore. Non disdegnava un lauto compenso da chi poteva

120

permetterselo ma sapeva essere generosa con le persone meno abbienti. Se, ad esempio, un pover'uomo fosse andato a chiederle di preparare un dolce per una speciale ricorrenza e le avesse offerto timidamente il poco denaro che aveva, la fornaia avrebbe rimandato il pagamento al momento del ritiro. Poi si sarebbe messa all'opera, avrebbe preparato un impasto delizioso, facendolo cuocere come solo lei sapeva fare, e avrebbe fatto pervenire il dolce, che non aveva nulla da invidiare a quelli confezionati per i nobili, a chi glielo aveva ordinato. Il suo tatto faceva sì che non dimenticasse mai di T accludere al dono i migliori auguri, da parte sua e del marito, per il nuovo nato o per gli sposi novelli, così da non ferire i sentimenti di alcuno. La donna, insomma, poteva vantare notevoli qualità, ma quella che fece la sua fortuna fu l'arguzia. Talvolta, durante la notte, i folletti che vivevano nella collinetta fatata nelle vicinanze raggiungevano il paese, e mentre tutti dormivano cercavano nelle cucine qualche avanzo di dolce, prediligendo, come è facile immaginare, quelli della fornaia. Ma quei dolci erano tanto buoni che difficilmente ne avanzava più di una manciata di briciole. I folletti cominciarono a sognare di avere la fornaia a loro completa disposizione, per poterle commissionare ogni sorta di leccornia. Finché un bel giorno decisero di realizzare il sogno segreto: rapire la fornaia e tenerla per sempre con loro a preparare delizie da non condividere con nessuno. L'occasione adatta non tardò a presentarsi. Origliando dal buco della serratura della casa della fornaia, un folletto venne a sapere che la donna era stata incaricata di preparare i dolci per la festa di matrimonio che si sarebbe tenuta al castello. Si trattava di una celebrazione importante, con centinaia di invitati, e la fornaia avrebbe quindi trascorso l'intera giornata nelle cucine del palazzo, sfornando dolci da mattina a sera. Non sarebbe rincasata che Q all'imbrunire. I folletti misero a punto il loro piano. La strada che dal castello portava al paese passava proprio nei pressi della collinetta fatata in cui vivevano. Con il favore del buio si appostarono e attesero nascosti nelle corolle dei fiori o sotto le foglie.

Quando la fornaia fu vicina, i folletti scivolarono silenziosi fuori dai loro nascondigli e la circondarono. "Quante lucciole ci sono questa notte!" pensò la donna. Si trattava delle ali dei folletti che scintillavano sotto i raggi della luna ma, prima ancora che riuscisse a rendersene conto, i suoi rapitori le soffiarono polline di felce negli occhi. Le energie l'abbandonarono all'istante. "Forse oggi ho lavorato troppo" disse fra sé dopo un sonoro sbadiglio. "Ho bisogno di fermarmi un attimo a riposare." Si sentiva talmente stanca che si accasciò su una soffice zolla erbosa lì accanto. Era la collinetta fatata: appena la toccò cadde in potere dei suoi abitanti.

Quando riaprì gli occhi, la donna si trovava nel regno dei folletti. La sua arguzia le fece intuire immediatamente dove si trovava e come vi era arrivata, ma riuscì a non perdersi d'animo. "Che fortuna!" disse con voce allegra. "Ho sempre desiderato visitare il regno dei folletti!" I folletti le spiegarono cosa volevano da lei. "Non ho la minima intenzione di passare qui il resto della mia vita" pensò la fornaia, "ma fingerò di stare al gioco." "Ma

certo, povere creaturine!" disse con partecipazione.
"Chissà quanti dolci mi avete vista preparare e mai uno
per voi!" "Non vi preoccupate" aggiunse estraendo un
grembiule pulito dalla borsa e legandoselo in vita,
"rimedieremo subito." I folletti esultarono per tanta
disponibilità, leccandosi la labbra al pensiero del
magnifico dolce che presto avrebbero gustato. "Bene"
disse la donna, "innanzitutto bisogna procurarsi gli
ingredienti necessari." "Temo che non abbiate
l'occorrente!" concluse dopo aver dato una rapida
occhiata in giro. "Bisognerà andare a prenderlo nella mia
cucina." I folletti, che ormai pensavano solo al dolce, non
esitarono a mettersi a disposizione della fornaia.
Qualcuno corse dunque a prendere la farina e qualcun
altro lo zucchero, uno portò il cestino delle uova e un
altro un panetto di burro; tutti correvano avanti e indietro
per procurare quello che serviva. "Ecco, siamo pronti per
incominciare" dichiarò infine la fornaia, "sempre
ammesso che abbiate una ciotola adatta per l'impasto." In
tutta la collina non fu possibile scovare un recipiente più

grande di una tazzina da tè. "Non c'è altro da fare" sentenziò la donna. "Dovete tornare nella mia cucina e prendere la grande ciotola di terracotta gialla che si trova sullo scaffale sopra l'acquaio." I folletti andarono a prenderla di buon grado, ma non era ancora finita: mancavano anche i cucchiai di legno, la frusta per le uova e mille altri arnesi. E ogni volta i folletti dovevano volare avanti e indietro per portare tutte quelle cose. Solo il pensiero del dolce dava loro la forza per sopportare tanta fatica. Finalmente la donna iniziò a dosare, sbattere e mescolare gli ingredienti, quando d'un tratto si fermò. "È inutile!" disse con un sospiro. "Senza le fusa del mio gatto non riesco a impastare." "Andate a prendere il gatto!" fu l'ordine del re dei folletti. Arrivò dunque il gatto, che si adagiò ai piedi della fornaia e iniziò a fare le fusa. La donna tornò a impugnare il cucchiaio di legno e prese a mescolare l'impasto con vigore. Presto però si interruppe nuovamente. "Quanto mi manca il mio cane" disse con un nuovo, profondo sospiro. "Sono così abituata a mescolare seguendo la cadenza del suo respiro che senza di lui mi sembra di non riuscire a trovare il ritmo giusto." "Andate a prendere il cane!" gridò il re dei folletti, che iniziava a spazientirsi. Fu portato anche il cane, che si acciambellò accanto al gatto. L'uno russava, l'altro faceva le fusa, la donna impastava e tutto sembrava andare finalmente per il verso giusto. "Sono tanto preoccupata per il mio bimbo" proruppe dopo non molto la fornaia. "Ho passato così tante ore lontana da lui proprio ora che un nuovo dentino sta per spuntare. Temo di non farcela a impastare…" "Andate a prendere il bambino!" tuonò il re dei folletti, senza neppure attendere la fine del discorso. Fu portato anche il figlioletto che, come la donna aveva previsto, appena vide la madre iniziò a strillare a più non posso: erano molte ore che non mangiava e non si lasciava imboccare da altri che da lei. "Mi dispiace darvi tanto disturbo" disse a gran voce la donna, cercando di sovrastare le urla del bambino. "Ma se smetto di impastare ora rischio di compromettere la riuscita del dolce. Ci vorrebbe mio marito…" Questa volta i folletti non attesero nemmeno gli ordini del loro re per volare a prendere l'uomo.

La fornaia mescolava l'impasto, il bimbo non smetteva di urlare, il gatto faceva le fusa, il cane russava e l'uomo si sfregava gli occhi incredulo: prima gli erano spariti da sotto il naso tutti gli utensili della cucina, poi i folletti lo avevano preso di peso e portato via in volo e adesso era piombato in mezzo a una confusione indescrivibile. Ma accanto a lui ora c'era sua moglie e, dove c'era lei, le cose si rimettevano sempre per il verso giusto. Per completare l'opera, la fornaia porse un cucchiaio di legno al bambino che, senza smettere di urlare, iniziò a picchiarlo da tutte le parti. Era evidente che quel frastuono infastidiva non poco i folletti; questi però cercavano di non perdersi d'animo, convinti che tra non molto loro fatiche sarebbero state ricompensate. La fornaia impugnò la frusta e prese a sbattere le uova. "Pizzica il cane!" bisbigliò al marito. L'uomo aveva tanta fiducia nella moglie che, anche se l'intera situazione gli sembrava assurda, si mise a pizzicare il cane: l'animale reagì abbaiando fortissimo.

"UAF! UAF!" faceva il cane, mentre il bimbo continuava a strillare, la frusta per le uova sibilava e i colpi del cucchiaio di legno rimbombavano. "Tira la coda al gatto" sussurrò di nuovo la fornaia al marito, che riuscì a stento a udirla in mezzo a tutto quel frastuono. L'uomo ormai aveva capito cosa voleva la moglie e senza ulteriori imbeccate continuò a schiacciare con il piede la coda del povero animale, che prese a strepitare come una dozzina di anime dannate. a frusta sibilava, il bambino urlava, il cucchiaio di legno batteva, il cane abbaiava, il gatto lanciava miagolii acutissimi e tutti insieme facevano un gran baccano. I folletti cominciarono a volare in cerchio cercando inutilmente di proteggersi le orecchie. L'arguta fornaia aveva architettato di arrivare a quel punto, ben sapendo ciò che i folletti amano e ciò che detestano. Posò la frusta e versò con destrezza l'impasto nelle teglie, sfilò il cucchiaio dalle mani del bimbo, lo prese in braccio e gli diede una zolletta di zucchero, poi fece cenno al marito di lasciar stare cane e gatto. Come d'incanto la quiete tornò a regnare nella collinetta; i folletti si accasciarono a terra, stremati. "I dolci sono pronti per la cottura" annunciò la donna con un sorriso. "Dov'è il forno?" "Non abbiamo forni" rispose con voce fioca la loro regina dopo un lungo attimo di esitazione generale. "Ma come posso cuocere i dolci, allora?" insistette la fornaia. I folletti si guardavano sgomenti, senza riuscire a dare una risposta. "Ho un'idea" riprese la donna, "potreste riportarmi a casa con i dolci giusto per il tempo necessario alla cottura. Poi mi riporterete qui." I folletti spostavano lo sguardo dal bambino al cucchiaio di legno, dal cane al gatto, dall'uomo alla frusta per le uova, tenendo il fiato sospeso. "Andate, potete tornare tutti a casa" sentenziò infine il re dei folletti. "Purché non ci chiediate di portarvici: siamo troppo stanchi!" Tirarono tutti un sospiro di sollievo ma la donna, malgrado la soddisfazione per essere riuscita nel suo intento, era sinceramente dispiaciuta per i folletti. "Non posso lasciarvi senza neppure un dolcetto!" disse con slancio. "Ecco cosa farò. Appena sarò a casa, farò cuocere i dolci e li riporterò vicino alla collinetta, proprio nel punto in cui mi avete trovata. Non dovrete far altro

129

che prenderli e mangiarli. Anzi, farò di meglio: vi prometto che ne preparerò uno alla fine di ogni settimana." A quelle parole i folletti ritrovarono il buonumore. "Accettiamo volentieri l'offerta ma non lasceremo che tu ci batta in generosità" ribatté il re dei folletti. "Quando andremo a ritirare i dolci, lasceremo a nostra volta un piccolo omaggio per te." La fornaia raccolse le teglie e invitò il marito a seguirla con i cucchiai, la frusta, la ciotola, il bambino, il cane e il gatto. Bastò un cenno del sovrano perché la collina si aprisse. La famigliola riprese la strada che passava vicino alla collinetta e tornò tranquillamente a casa. La donna mise i dolci nel forno, diede al bambino la sua cena, poi scodellò il porridge che si era mantenuto caldo nel focolare. La casa era come sempre immersa nella quiete. Non si sentiva alcun rumore, fatta eccezione per il ticchettio dell'orologio, il fischio della teiera, le fusa del gatto e il respiro profondo del cane. L'uomo, felice della serenità ritrovata, guardava la moglie con orgoglio. "Non solo sei una fornaia eccezionale" le sussurrò dolcemente, "sei anche la donna più arguta del mondo!" Era proprio così, e le due qualità non tardarono a fare la fortuna della famigliola. Quando infatti i dolci furono cotti a puntino, la donna li avvolse ancora tiepidi in un panno e andò a portarli, come promesso, accanto alla collinetta fatata. La fornaia stava chinandosi per depositare a terra il delizioso omaggio, quando notò tra l'erba una piccola borsa marrone. La raccolse, l'aprì e questa volta rimase davvero senza parole: era colma di pepite d'oro giallo scintillante. La stessa scena continuò a ripetersi, settimana dopo settimana, mese dopo mese: un dolce per i folletti, una borsa d'oro per la fornaia. I folletti, come è facile immaginare, non cercarono mai più di entrare in contatto diretto con la famigliola, divenuta ormai molto ricca: il patto non venne mai rotto e tutti vissero felici e contenti.

L'AQUILA E LO SCRICCIOLO

L'aquila e lo scricciolo stavano verificando chi dei due potesse volare più alto.

Il vincitore sarebbe divenuto re degli uccelli.

Lo scricciolo partì per primo, dritto verso il cielo.

Ma l'aquila lo raggiunse, librandosi agevolmente in grandi cerchi nell'aria.

Lo scricciolo era stanco, così, appena l'aquila passò, zitto zitto si sistemò sull'ampio dorso dell'aquila.

Alla fine, l'aquila cominciò a stancarsi.

«Ma dove sei, scricciolo?», gridò.

«Sono qui», rispose lo scricciolo, «solo un po' più in alto di te».

Fu così che lo scricciolo vinse la gara.

LA VOLPE E L'OCA

Una volpe aveva catturato una bella oca grassa che dormiva accanto a un specchio d'acqua.

Mentre l'oca starnazzava e fischiava, la volpe la schernì:

«Sì sì, schiamazza pure», disse la volpe, «ma se invece di essere io a tenere in bocca te, fossi tu a tenere me, cosa faresti?»

«Be'», disse l'oca, «è facile a dirsi. Congiungerei le mani, chiuderei gli occhi, reciterei una preghierina di ringraziamento e ti mangerei».

La volpe congiunse le mani, fece una faccia solenne, chiuse gli occhi e recitò la preghierina di ringraziamento.

Ma mentre lo faceva l'oca spalancò le ali e se la filò, allontanandosi sull'acqua.

«Ne farò una regola di vita», borbottò la volpe, leccandosi le labbra rimaste asciutte, «non pronùncerò mai più una preghiera di ringraziamento fino a che non avrò la preda nella pancia».

IL DESTINO DI ANDREW GROTT

C'era una volta, molti anni fa a Herra, nello Yell, una bella fanciulla della quale tutti dicevano che fosse capace di ottenere qualsiasi cosa desiderasse. Un giorno si innamorò di un ragazzo che lavorava in una bottega lì vicino; il giovane però, sfortunatamente, non la ricambiava e si comportava con lei in modo scostante. La ragazza era pronta a fare qualsiasi cosa per avere Andrew. Andrew Grott: questo era il suo nome. Trascorse quasi un anno e venne l'estate. I pescatori cominciarono a prendere il largo con le loro imbarcazioni a remi. Una notte attraccò una barca che portava a terra un marinaio molto malato. L'equipaggio non avrebbe potuto riprendere il mare se qualcuno non si fosse offerto al suo posto, e fu il ragazzo della bottega a presentarsi come volontario al vecchio capitano Tarrel, un uomo molto, molto saggio che nella sua vita ne aveva passate di tutti i colori. Era

una bella giornata serena quando la barca salpò diretta
verso il mare aperto. Poco tempo dopo la partenza,
nell'attraversamento di una baia, la prua fu
improvvisamente sollevata da tre gigantesche ondate. Il
cielo continuava a essere limpido e senza vento. "In nome
del Signore, cos'è quell'enorme montagna d'acqua che si
avvicina?" chiese Andrew Grott, che non era avvezzo a
solcare il mare. "Non aver paura, ragazzo mio" rispose il
capitano Tarrel. "Finché ci sarò a bordo non hai nulla da
temere e quelle onde non potranno farti alcun male. Non
si tratta di veri cavalloni, è il Maligno che ce li manda."
"Ma come faremo a sopravvivere a quelle ondate?" chiese
Andrew, sempre più terrorizzato. "Te l'ho detto" insistette
Tarrel. "Finché sono con te non ti dovrai preoccupare. Se
però in futuro ti capitasse di trovarti su una barca e di
imbatterti in un simile flagello, la misericordia ti assista,
se io non ci sarò." La prima tremenda ondata investì la
barca e l'equipaggio temette di affondare. L'urto
provocato dalla seconda ondata fu ancora più forte e
allagò quasi completamente la coperta. Alla terza onda

anche la stiva fu completamente inondata e lo scafo parve sul punto di scomparire negli abissi, sepolto da quella valanga d'acqua. Il capitano Tarrel affidò a un marinaio il timone, che governava dalla poppa, e prese uno di quei ramponi che servivano per pescare i pesci più grossi. Con quel portafortuna cominciò a battere le acque. "Che venga nel nome di Dio o in quello del Demonio" diceva a gran voce, "qualunque cosa ci si pari davanti la sconfiggeremo." Il mare cominciò a placarsi ma accanto alla barca apparve qualcosa di simile a un grosso animale scuoiato che galleggiava sull'acqua. La creatura estrasse un piede dalle profondità del mare e, ponendolo sulla barca, esclamò: "Butta fuori bordo Andrew Grott." "No!" rispose Tarrel. "Non avrai mai Andrew Grott. Se lui verrà gettato in mare, tutti noi lo seguiremo e moriremo insieme a lui." E aggiunse: "Non potrai mai distruggere la mia imbarcazione finché Dio rimarrà più forte del Demonio." D'un tratto il mare si acquietò e la barca raggiunse senza altre difficoltà il suo territorio di pesca. Dopo una settimana avevano racimolato una grande quantità di pesce e si apprestavano a far P ritorno a terra. Quando approdarono, l'uomo che Andrew Grott aveva sostituito era nuovamente in salute. Fra l'equipaggio si sparse la notizia che la ragazza innamorata di Andrew era stata vista saltare oltre il muretto del cortile di casa proprio nel momento in cui quella creatura aveva estratto il suo piede dall'acqua e l'aveva messo nella barca. In quell'istante una pietra, staccatasi improvvisamente dal muretto, era rovinata addosso alla ragazza, facendola cadere e spezzandole una gamba. La donna era ora costretta a letto, con l'osso frantumato. Passarono gli anni e quell'incidente venne dimenticato. Nel frattempo il capitano Tarrel aveva smesso di andare per mare. Il suo posto al comando della barca fu preso da un altro uomo che, due anni più tardi, ebbe di nuovo bisogno di completare il suo equipaggio con un nuovo marinaio. Anche quella volta fu Andrew Grott a farsi avanti. La ragazza, sempre innamorata di lui, non era ancora riuscita ad averlo. La barca prese il largo un bel giorno di sole ma, trascorsa una settimana, quando tutte le altre imbarcazioni erano di nuovo in porto, nessuno l'aveva vista raggiungere la zona di pesca né aveva notizie su cosa potesse essere accaduto. In poche parole, la barca in cui si trovava Andrew Grott non fece ritorno. Tutti pensarono che la stessa ragazza che aveva tramato per affondarla la prima volta quando a bordo c'era il capitano Tarrel – trasformandosi in quell'animale scuoiato – fosse riuscita nei suoi intenti, trascinando l'imbarcazione negli abissi.

Passò l'estate e venne l'inverno. La ragazza continuava a vivere nello stesso luogo e, un giorno, l'equipaggio della barca scomparsa fece la sua apparizione in città. Molti degli abitanti, si racconta, riuscirono a vedere i marinai: alcuni li scorsero vicino alle cataste di legna nel cantiere del porto, altri nei dintorni delle loro case. Terrorizzata, la gente del villaggio nel timore di incontrarli rimase chiusa in casa da Ognissanti fin dopo Natale. Viveva all'epoca a Nort Grummon un certo John Smollett, che era ritenuto l'uomo più forte di tutto lo Yell. Era sui quarant'anni e abitava in una casa con le due sorelle, l'anziano padre e quattro agnelli. Molto tempo fa, bisogna sapere, le case non erano come quelle di oggi ma ospitavano all'interno anche pecore e altri piccoli animali. Una sera gli Smollett stavano preparando la cena. Una delle sorelle di John prese il pentolone della minestra e lo sollevò per versarne il contenuto nei piatti quando, improvvisamente, uno degli agnelli spiccò un balzo, rischiando di finirci dentro. Nel timore che l'agnello potesse scottarsi con la minestra bollente, la donna fu costretta a riappendere la pentola al gancio sopra al focolare. "Per favore, va' fuori in cortile a prendere del fieno per questi agnelli" disse a John. "Così mentre noi ceniamo anche loro potranno mangiare qualcosa." John Smollett si alzò da tavola, si infilò gli zoccoli e uscì. Dopo appena un istante spalancò la porta di scatto e riapparve sulla soglia, crollando a terra privo di sensi per la paura. L'anziano genitore, Francis Smollett, aveva forse più di ottant'anni e lui solo aveva capito cosa poteva essere accaduto al figlio. Così, malgrado l'età, saltò su dalla sedia e raggiunse John, che nel frattempo una delle sorelle stava cercando di rianimare. Per prima cosa sfilò gli zoccoli ancora caldi dai piedi del figlio, li indossò e uscì di casa, diretto al covone di paglia dove presumibilmente stava la causa di quanto era successo. Accanto al covone si trovava la ciurma della barca scomparsa. Ecco ciò che aveva terrorizzato a morte il povero John. "Parlate!" intimò Francis a quegli uomini. "In nome di Dio o in nome del Maligno, parlate!" Nessuno rispose. Le ripetute richieste del vecchio non sortirono C alcun effetto. Nessuno proferì parola. I cinque uomini dell'equipaggio erano in piedi vicino al covone, insieme a un cane nero. "Vi costringerò io a parlare" disse allora il vecchio. "La marea sta salendo o scendendo?" chiese per prima cosa. "Lo sai. Sta scendendo" rispose uno della ciurma, sollevando appena il capo. "E la luna sta crescendo o sta calando?" incalzò Francis. "Lo sai. Sta calando" rispose nuovamente l'uomo. "Il corvo è nero o bianco?" continuò il vecchio. "Lo sai. È nero." "E qual è il nome di questo nero animale?" chiese allora Francis, certo di essere a un passo dalla soluzione. "Egli è dannato per i secoli dei secoli" risposero gli uomini all'unisono, aggiungendo: "Lui è dannato, mentre noi siamo destinati

142

alla felicità eterna; però non potremo trovare riposo fino a che non avremo raccontato la nostra storia." Al che uno dei vecchi marinai cominciò a raccontare la storia della barca scomparsa. "Fu la ragazza innamorata di Andrew Grott a trascinarci negli abissi. Non appena fummo al largo ci apparvero le tre gigantesche onde che si erano abbattute sulla barca tanti anni prima, con il capitano Tarrel. Ma il nuovo capitano non ebbe il buon senso di fare ciò che aveva fatto Tarrel, e la terza ondata sommerse completamente l'imbarcazione, che colò a picco. Da allora andiamo vagando per il mondo senza poter essere accolti in cielo né in alcun altro luogo. Dovevamo infatti prima far ritorno tra gli uomini per raccontare la nostra storia. Il mondo contiene il bianco e contiene il nero. Ma i due non possono stare insieme, devono essere separati." hi aveva parlato era il capitano della barca, e concluse il suo racconto con questi versi: "Gesù è colui che domina su tutto, sia Inferno, Terra o Mare. Angeli e uomini si piegano al suo cospetto, i Demoni lo temono e lo fuggono." Prima di scomparire dietro i massi della

143

scogliera, il cane nero emise uno spaventoso latrato, dopodiché lingue di fuoco uscirono dalle sue fauci. Anche i marinai scomparvero, dissolvendosi nella terra, e nessuno li vide più fra gli uomini. Avevano infatti raggiunto la loro dimora eterna. A quell'infelice era invece riservata la dannazione perpetua.

ALASDAIR E I SETTE CIGNI

Una splendida mattina d'estate, la figlia del Conte di Mar scese nel giardino del castello, danzando e saltellando. Di tanto in tanto, mentre giocava e passeggiava tra i fiori, si fermava ad ascoltare il canto melodioso degli uccelli. Dopo qualche tempo si sedette sotto l'ombra di una verde quercia e alzando gli occhi vide una splendida colomba che stava appollaiata su uno dei rami più alti dell'albero. La ragazza la chiamò e le disse: "Colombella cara, mia adorata, scendi fino a me e ti regalerò una gabbia d'oro. Ti porterò nella mia casa e ti vorrò bene, più di ogni altra cosa al mondo." Aveva appena finito di dire queste parole che la colomba scese volando dal ramo sul quale si trovava e andò a posarsi sulla sua spalla, accoccolandosi contro il suo collo. Con un dito la ragazza le lisciò le piume, poi la portò al castello e la tenne con sé nella sua camera. Scese la notte.

La figlia del Conte di Mar stava preparandosi per andare a letto quando, girandosi, trovò al proprio fianco uno splendido giovane. La ragazza era davvero meravigliata, perché la porta della camera era stata chiusa a chiave diverse ore prima. Malgrado ciò non si lasciò impaurire, e riprendendosi dallo stupore che per un istante l'aveva paralizzata gli chiese: "Cosa stai facendo qui, nella mia camera, e perché vieni a spaventarmi in questo modo? La porta è sbarrata da diverse ore; come sei entrato?" "Zitta! Zitta!" sussurrò il giovane. "Io sono quella colombella che P hai convinto con le tue dolci parole a scendere dal ramo più alto dell'albero." "Ma chi sei, allora?" disse lei abbassando la voce perché nessun altro la sentisse, "e per quale motivo sei stato tramutato in quel caro, piccolo animale?" "Il mio nome è Alasdair, e mia madre è una regina; ma è molto più di una regina, perché conosce mille incantesimi, e con uno di essi, poiché non volevo obbedirle, ha fatto sì che durante il giorno io mi trasformi in una colomba; ma ogni notte l'incantesimo perde il suo potere e io torno a essere un uomo. Oggi ho attraversato il mare e ti ho visto per la prima volta, e sono stato felice di essere un uccello perché questo mi consentiva di venirti vicino. Ma se tu non mi amerai, io non potrò mai più essere felice." "Se ti amassi" disse lei, "tu mi prometteresti di non volare via lasciandomi sola, né domani né mai?" "Mai, mai!" le rispose il principe. "Diventa mia moglie e sarò tuo per sempre. Di giorno come colomba, di notte come principe, sarò sempre al tuo fianco." Così i due giovani si sposarono in gran segreto e vissero felici nel castello, dove nessuno sapeva che ogni notte la colombella si trasformava nel principe Alasdair. E ogni anno nasceva loro un bimbo, bello come più non poteva essere. Ma ogni volta che uno dei loro figli veniva alla luce, il principe Alasdair lo portava via con sé volando oltre il mare, per affidarlo alla regina sua madre.

Passarono sette anni, e improvvisamente su di loro si addensarono nuvole minacciose. Il Conte di Mar aveva infatti deciso di dare in moglie sua figlia a un nobile di alto lignaggio che era venuto a chiederne la mano. Il padre insisteva in continuazione perché la ragazza accettasse la proposta, ma quella gli rispose: "Padre caro, io non desidero sposarmi; sono così felice qui nella tua casa, con la mia colombella." Allora il padre andò in gran collera e fece un terribile giuramento: "Domani, quanto è vero che sono il Conte di Mar, torcerò il collo a quell'uccello!" e detto ciò uscì a grandi passi dalla stanza. "Oh, oh!" disse la colombella, "è meglio che me ne vada" e con un saltello salì sul davanzale della finestra, per poi volare via subito dopo, in gran fretta. E volò, volò e volò, fino a che si trovò a planare sulle onde verdi e indaco del mare più profondo, e continuò a volare fino a che arrivò al castello della madre. La regina stava passeggiando nei giardini quando vide volare sopra la sua testa la colomba, che atterrò sulle mura del castello. "Venite subito qui, danzatori, e date inizio alle vostre gighe" ordinò la regina. "E voi, suonatori di cornamusa, date fiato ai vostri strumenti perché è arrivato il mio caro Alasdair, che è tornato da me per rimanere, dal momento che questa volta non ha portato con sé alcun bimbo." "No, madre" disse Alasdair, "nessun danzatore per me, e nessun menestrello, perché la mia cara moglie, la madre dei miei sette figli, dovrà sposarsi domani, e questo è per me un giorno di grande tristezza." "Cosa posso fare per te, caro figlio mio?" disse la regina. "Dimmelo, e se i miei poteri magici potranno aiutarti, lo farò." "Madre, cara madre, trasforma i ventiquattro danzatori e musicisti in ventiquattro aironi grigi, e fa che i miei sette figli diventino sette cigni bianchi, e tramutami in un falco per poterli guidare." "Ahimè, ahimè, figlio mio!" gli rispose la regina. "Ciò non è possibile; la mia magia non arriva a tanto. Ma forse colei che mi ha insegnato le arti, la grande maga di Ostree, potrà fare ciò che io non posso." La regina partì immediatamente per la caverna di Ostree, e qualche tempo dopo ne uscì, pallida come la neve, mormorando strane formule sopra un bacile di erbe fumanti che la vecchia maga le aveva dato. Immediatamente la colombella si tramutò in un falco, e intorno a lui volarono ventiquattro aironi grigi, e sopra di loro, alti nel cielo, sette giovani cigni candidi. Senza una parola di commiato gli uccelli si diressero verso il mare aperto, che era gonfio e in tempesta. E volarono, volarono e volarono fino a che arrivarono sopra le torri del castello di Mar, proprio mentre il corteo nuziale stava per uscirne, diretto alla chiesa. In testa al corteo vi erano gli armigeri, ai quali seguivano gli amici dello sposo, poi gli uomini del Conte di Mar, poi lo sposo, e da ultima, pallida e bellissima, la figlia del Conte di Mar. Avanzarono lentamente, accompagnati da una musica solenne, fino a che raggiunsero gli alberi sui quali gli uccelli si erano appollaiati. A una parola del principe Alasdair, il falco, tutti gli uccelli si levarono in volo, gli aironi più in basso e i giovani cigni più in alto, con il falco che volava in cerchio sopra tutti loro. Lo sposo e gli invitati alzarono lo sguardo verso il cielo, meravigliati; immediatamente, con un gran frullare di ali, gli aironi scesero in picchiata su di essi, prendendo d'assalto gli armigeri e disperdendoli. I piccoli cigni circondarono la sposa, mentre il falco, che si era avventato sullo sposo, lo depositò a cavalcioni del ramo di un albero. Subito dopo gli aironi si raccolsero in gruppo per formare un unico, enorme letto di piume, sul quale i giovani cigni adagiarono la loro madre, e un attimo dopo si alzarono tutti quanti in volo, portando con sé la sposa al sicuro, verso la dimora del principe Alasdair. Di certo nessun corteo nuziale fu mai scompaginato in tal modo, a questo mondo. Ai convitati non rimase nient'altro da fare che stare a guardare, mentre la bella sposa veniva portata via e si allontanava nel cielo, fino a sparire insieme agli aironi, ai piccoli cigni e al falco. Quello stesso giorno il principe Alasdair portò la figlia del Conte di Mar al castello della regina, sua madre, la quale finalmente lo liberò dall'incantesimo. E per i molti, molti anni che seguirono, tutti loro vissero insieme felici e in armonia.

LA MALEDIZIONE DI MACHA

Uno dei nobili di Conchobar era Cruinniuc mac Agnomain, un ricco ma solo vedovo che viveva con i suoi figli sulle montagne dell'Ulster. Un giorno, quando era solo nella sua fattoria, vide una bella donna che camminava verso di lui. Andò a casa sua e cominciò a fare le faccende domestiche come se avesse vissuto lì per anni. Quando venne la notte, salì sul letto di Cruinniuc e fece l'amore con lui. Successivamente la donna rimase con Cruinniuc e si prese cura di lui e dei suoi figli. Mentre era lì, la fattoria era prospera e non mancava mai cibo, vestiti o qualsiasi altra cosa di cui avessero bisogno. Un giorno Conchobar convocò tutta la gente dell'Ulster a un grande festival. Uomini, donne, ragazzi e ragazze si radunarono tutti con grande eccitazione indossando i loro abiti più raffinati, tra cui Cruinniuc e i suoi figli, ma sua moglie rimase nella fattoria da quando era incinta di nove mesi. "Non vantarti o dire niente di stupido al festival", ha avvertito Cruinniuc. "Non è probabile", ha detto. Alla fine delle celebrazioni c'è stata una grande corsa di cavalli su un campo vicino. Conchobar e tutti i guerrieri portarono i loro cavalli e carri a competere, ma la squadra del re vinse sempre. Tutti tra la folla hanno detto che nessuno poteva meglio Conchobar. "Mia moglie può correre anche più veloce dei cavalli del re", si vantava Cruinniuc. Quando gli uomini del re lo sentirono dire questo, lo trascinarono davanti a Conchobar, che era rimasto ferito dall'affermazione e chiese a Cruinniuc di rimediare al suo vanto. Mandò un messaggero alla fattoria per andare a prendere la donna.

"Non posso correre ora", supplicò il messaggero. "Sono incinta di due gemelli e partorirò ogni giorno." "Se non vieni," disse il messaggero, "tuo marito morirà." Pregò il re di non farla correre, ma lui si rifiutò di ascoltare. Si voltò verso la folla riunita lì e li supplicò: "Per favore, aiutami. Una madre annoiava ognuno di voi. Almeno aspetta che i miei figli nascano prima che tu mi costringa

a correre. "Ma la folla rimase in silenzio. "Molto bene",
disse la donna. "Ma ti avverto che un grande male verrà
sull'Ulster per questo." Quindi il re le chiese il suo nome.
"Sono Macha, figlia di Sainrith mac Imbaith, il
meraviglioso figlio dell'oceano. Da oggi in poi il mio
nome sarà in questo luogo. "E poi iniziò la gara. Macha
ha volato intorno al campo come il più veloce dei cavalli
accanto al carro del re fino a quando non ha tagliato il
traguardo proprio davanti alla squadra. Quando ha
raggiunto la fine del corso ha dato alla luce due gemelli,
un figlio e una figlia. Fu da loro che la capitale dell'Ulster,
Emain Macha o i gemelli di Macha, fu chiamata. Nei suoi
dolori del travaglio Macha urlò al re e ai suoi guerrieri
che d'ora in poi nell'ora del loro più grande pericolo
sarebbero caduti nelle fitte della nascita per cinque giorni
e quattro notti. Da quel giorno la sua maledizione si
protrasse per nove generazioni. Ogni volta che si
presentava un pericolo nella provincia, tutti gli uomini
dell'Ulster collassavano per i dolori del travaglio, incapaci
di muoversi nella loro agonia. Solo le donne, i giovani

ragazzi e il grande guerriero Cú Chulainn furono risparmiati dalla terribile maledizione di Macha.

L'ESILIO DEI FIGLI DI UISLIU

Un giorno Conchobar e i guerrieri dell'Ulster furono riuniti per una festa a casa del capo narratore del re, Fedlimid mac Daill. La moglie incinta di Fedlimid li stava servendo anche se era brava con il bambino e stava per partorire. La carne fu preparata prima che i guerrieri su piatti traboccanti e bevendo corna piene di birra passassero per la sala fino a quando le urla e le risate ubriache riempirono la notte. Alla fine della serata, quando gli uomini si erano tutti addormentati, la moglie di Fedlimid alla fine attraversò il corridoio fino alla sua camera da letto. Improvvisamente la bambina nel suo grembo urlò in un urlo che svegliò tutti in casa. Tutti i guerrieri balzarono in piedi come se fossero stati attaccati, ma Sencha mac Ailella, il giudice capo di Conchobar, ordinò a tutti di rimanere fermi e di portare la donna davanti a loro. Suo marito Fedlimid le chiese allora qual era il grido spaventoso che era esploso dal suo grembo pieno. La donna scosse la testa sconcertata:

anche se il grido proveniva dalla culla del mio stesso corpo, nessuna donna sa quale sia il suo grembo.

Si rivolse al druido Cathbad sperando che potesse spiegare il grido. E Cathbad disse:

Dall'incavo del tuo grembo piangeva una donna con i capelli gialli e contorti e bellissimi occhi grigio-verdi. Le sue guance sono arrossate come la volpe e i suoi denti color neve appena caduta. Le sue labbra sono lucenti come il rosso dei Parti. Le regine la invidieranno, gli eroi combatteranno per lei, i re la cercheranno per il loro letto. Grazie a lei, il massacro sarà grande tra i guerrieri delle bighe dell'Ulster.

Cathbad posò una mano sul ventre della donna e il bambino si mosse al suo tocco. "Sì, questa bambina è una ragazza. Deirdre sarà il suo nome, e porterà il male a tutti noi. "Dopo la nascita della ragazza, tutti proclamarono che era la bambina più bella che avessero mai visto.

"Uccidila!" Urlò l'Ulster. "No!" Disse Conchobar.

"Prenderò questo bambino per me stesso e lo farò allevare in segreto lontano da tutti gli occhi gelosi. Quando sarà maggiorenne, la porterò nel mio letto. "E così Conchobar la mandò in un luogo nascosto in modo che nessuno potesse vederla. Solo il padre adottivo e la madre adottiva la videro, insieme a una poetessa di nome Leborcham che era un satirista e non poteva essere tenuto lontano. Un giorno quando Deirdre era diventata una bellissima giovane donna, suo padre adottivo era fuori nella neve a scuoiare un vitello per cucinare per lei. Un corvo si posò sulla neve vicino alla pozza di sangue e ne bevve. Deirdre lo vide e disse: "Potrei amare un uomo con quei tre colori: capelli neri come un corvo, guance rosse come il sangue e un corpo bianco come la neve". Leborcham, che era in piedi vicino, disse: "La fortuna e la fortuna sono con te, mio caro, perché un uomo simile non è molto lontano: Noíse figlio di Uisliu. "" Sarò malato ", disse Deirdre," fino a quando non lo vedrò. "Successe che una notte poco dopo, Noíse era solo sulle pareti di Emain Macha, la roccaforte degli Ulstermen, e cantava. Le canzoni dei figli di Uisliu erano così dolci che ogni mucca che le ascoltava dava i due terzi di latte in più, e ogni persona che le ascoltava era piena di pace. I figli di Uisliu erano anche grandi guerrieri. Se fossero in piedi uno contro l'altro, potrebbero trattenere l'intera provincia dell'Ulster. Erano inoltre veloci come i cani da caccia e potevano superare le bestie selvagge. Mentre Noíse era solo sulle pareti, Deirdre sgattaiolò via dalla sua fattoria nascosta e si avvicinò come se stesse semplicemente camminando accanto a lui. All'inizio non la riconosceva. "È una bella giovenca", ha detto. "Le giovenche sono destinate a stare bene quando non ci sono tori in giro", ha risposto. Ma poi si rese conto di chi fosse. "Hai il più grande toro di questa provincia per te", disse, "il re dell'Ulster." "Tra lui e te", disse, "sceglierei un bel giovane toro per me stesso." cose del genere! "gridò Noíse. "Ricorda la profezia di Cathbad." "Mi stai rifiutando?" Chiese. "Sì, devo", rispose. Quindi Deirdre lo afferrò per entrambe le

159

orecchie. "Saranno due orecchie di vergogna e beffa", disse, "se non mi porti con te." Allontanati da me, donna. »« Troppo tardi. Lo farai ", disse, legandolo con la sua maledizione. Un grido acuto cominciò a sollevarsi dalla gola di Noíse. Man mano che cresceva, gli uomini dell'Ulster lo sentirono e iniziarono a prendere le armi. Ma i fratelli di Noíse sapevano cosa fosse e corsero a zittirlo. "Che cosa stai facendo?", Hanno chiesto. "Gli Ulstermen verranno a dura prova a causa tua." Allora Noíse disse loro cosa era successo. "Il male verrà da questo", hanno detto. "Ma non sarai disonorato mentre siamo vivi. Vieni, andremo via di qui e andremo in qualche altro posto. Nessun re in Irlanda ci negherà il benvenuto. "E così Noíse e i suoi fratelli se ne andarono quella notte con Deirdre tra loro, così come tre volte cinquanta guerrieri insieme a tre volte cinquanta donne e lo stesso numero di cani e servi. La banda di guerrieri e i loro seguaci attraversarono l'Irlanda alla ricerca di un posto sicuro dove stabilirsi, ma ovunque andarono Conchobar pose una trappola per loro. Alla fine

160

attraversarono il mare in Gran Bretagna, dove vivevano in montagna e cacciavano animali selvatici per sopravvivere. Alla fine, quando il gioco era finito, si assoldarono come soldati mercenari al re di Gran Bretagna. Ma costruirono le loro case per nascondere Deirdre in modo che nessuno potesse vederla e cercare di prenderla con la forza. Un giorno un servitore del re entrò nella casa di Deirdre e Noíse la mattina presto e li vide dormire. Andò subito e svegliò il re, dicendo che aveva trovato la donna più bella del mondo per lui. Tutto quello che doveva fare era uccidere Noíse e lei sarebbe stata sua a dormire. Il re era riluttante a uccidere apertamente Noíse e perdere i suoi mercenari irlandesi, quindi ogni giorno mandava il servo per cercare di ottenere il suo favore in segreto. Ogni notte, tuttavia, Deirdre raccontava a Noíse ciò che le aveva detto il servo del re. Presto il re iniziò a mandare Noíse ei suoi fratelli nelle battaglie più pericolose in modo che potessero essere uccisi, ma erano così feroci nei combattimenti che nessuno poteva toccarli. Alla fine il re mandò i suoi soldati a uccidere Noíse, ma Deirdre venne a conoscenza del piano e esortò suo marito e i suoi seguaci a fuggire immediatamente in Irlanda. Lo fecero proprio quella notte. Quando i guerrieri di Conchobar sentirono che Noíse era tornato sulla loro isola, dissero al re che era tempo di perdonarlo e permettere alla coppia di stabilirsi nella propria terra in pace. Conchobar ha inviato loro un messaggio per garantire la loro sicurezza. Noíse e i suoi fratelli concordarono se il precedente re Fergus, insieme al grande guerriero Dubthach e al figlio di Conchobar, Cormac, si impegnassero come garanti della buona volontà di Conchobar. Fergus e gli altri scesero quindi in mare per incontrare Noíse. Ma Conchobar aveva altri piani. Sapeva che Fergus era vincolato da una geis o da un divieto che gli imponeva di non poter mai passare davanti a una festa senza unirsi a essa, quindi il re organizzava banchetti lungo la strada per ritardarlo dall'unirsi a Noíse. Poiché Noíse e i suoi fratelli avevano prestato giuramento di non mangiare in Irlanda fino a quando non avessero cenato al tavolo di Conchobar, furono costretti dalla fame a non aspettare Fergus: quando i figli di Uisliu arrivarono alla fortezza di Conchobar a Emain Macha insieme al figlio di Fergus Fiacha che era andato a incontrarlo, l'intero Ulster li stava aspettando sulle pareti. Éogan mac Durthacht fu il primo a salutare Noíse, ma con la spinta di una lancia sul petto che gli uscì dalla schiena e gli spezzò la schiena in due. Fiacha si lanciò attraverso Noíse per proteggerlo, anche se invano. I guerrieri dell'Ulster massacrarono Fiacha e i fratelli di Noíse e tutti i suoi seguaci fino a quando l'erba divenne rossa di sangue. Solo Deirdre fu lasciato in vita e portato a Conchobar con le mani legate dietro la schiena. Quando a Fergus fu detto di questo, lui e Dubthach e Cormac, figlio di Conchobar, attaccarono Conchobar a Emain Macha e uccisero molti guerrieri dell'Ulster. Quindi loro e altri tremila fuggirono a ovest nel regno di Ailill e Medb nel Connacht, dove furono accolti dal re e dalla regina come esiliati. Rimasero lì per sedici anni, lamentando il loro tradimento e la perdita dell'onore che Conchobar aveva inflitto loro. Quanto a Deirdre, una volta presa in cattività da Conchobar non sorrise mai più o alzò la testa

163

in presenza del re. Pianse senza sosta la perdita di Noíse, finché Conchobar, con rabbia, decise di darla a Éogan mac Durthacht, l'uomo stesso che aveva ucciso suo marito. La mattina che Éogan la prese da Emain Macha, rimase in piedi tra lui e Conchobar sul suo carro mentre lasciavano le porte. "Deirdre", rise Conchobar, "non sembrare così abbattuto. Tra me ed Éogan sei impotente, solo una pecora tra due arieti. "Mentre oltrepassavano un grosso masso sulla strada, Deirdre si gettò fuori dal carro e si scagliò la testa contro la pietra. Lì giaceva morta sulla strada, privando per sempre entrambi gli uomini del loro premio.

Lightning Source UK Ltd.
Milton Keynes UK
UKHW020844201021
392527UK00010B/655